Hellmut Bahnsen Robert Brauer Cornelia Mertens

Im Meer versunken

Rungholt, die Insel Strand und das geheimnisvolle Abalus

Husum

Umschlaggestaltung unter Verwendung von Motiven aus dem Buch

Bibliografische Information der Deutschen Nationalbibliothek
Die Deutsche Nationalbibliothek verzeichnet diese Publikation in der Deutschen Nationalbibliografie; detaillierte bibliografische Daten sind im Internet über http://dnb.dnb.de abrufbar.

Gesamtherstellung: Husum Druck- und Verlagsgesellschaft
Postfach 1480, D-25804 Husum – www.verlagsgruppe.de

ISBN 978-3-89876-737-8

Vorwort

Die Uthlande, die „Außenlande“, sind durch die großen Sturmfluten geformt worden. Davon hat es in den letzten Jahrhunderten zahlreiche gegeben. Alle haben Opfer gefordert. Zwei von ihnen bekamen den Namen „Mandränke“: gigantische Sturmfluten, die zahlreiche Opfer forderten und nach denen das Land nicht wieder gewonnen werden konnte.

Hier gilt, dass ein Tag, an dem man nicht aufs Watt sehen kann, ein verlorener Tag ist. Dabei gibt es in den Uthlanden nur eine Handvoll Menschen, die fast täglich im Watt waren oder sind. Die auch ein nebeliger Novembertag nicht davon abhalten kann, sich auf die Suche nach den Spuren der untergegangenen Welt zu begeben. Denn das ist das Watt, eine Schatzkammer der verlorenen Zeit.

Dabei sind es keine materiellen Schätze, die es zu finden gilt, denn Wertvolles haben die Überlebenden der großen Fluten selbst geborgen. Alles Verwertbare wurde damals weggeschafft, selbst die Reste der zerstörten Kirchen wurden ans Festland als Baumaterial verkauft.

Das Wertvolle sind die Erfahrungen und Erkenntnisse der Ortskundigen. Wer wissen will, wo die untergegangenen Orte der Insel Strand lagen, wo Priele oder Wege, der muss Heimatforscher fragen. Ob deren Interpretationen oder Beschreibungen der wissenschaftlichen Prüfung standhalten, sofern sie denn überhaupt nachprüfbar sind, mag dahingestellt sein. Es ist angeraten, ihnen gut zuzuhören, und es offenbart sich ein reicher Schatz an Geschichten und Geschichte. Landschaft und Geschichte lassen sich nicht trennen, beides muss bewahrt werden.

Die Geschichte gehört den Menschen, die vor Ort leben. Nehmen wir uns ein wenig Zeit, sie auf ihren Wanderungen im Watt zu begleiten. Ihren Geschichten und ihrer Geschichte zu folgen. Dieses Buch ist eine Einladung, die Wahrnehmung der nordfriesischen Nordseeküste reicher und schöner zu machen. Es ist die Geschichte der großen Sturmfluten.

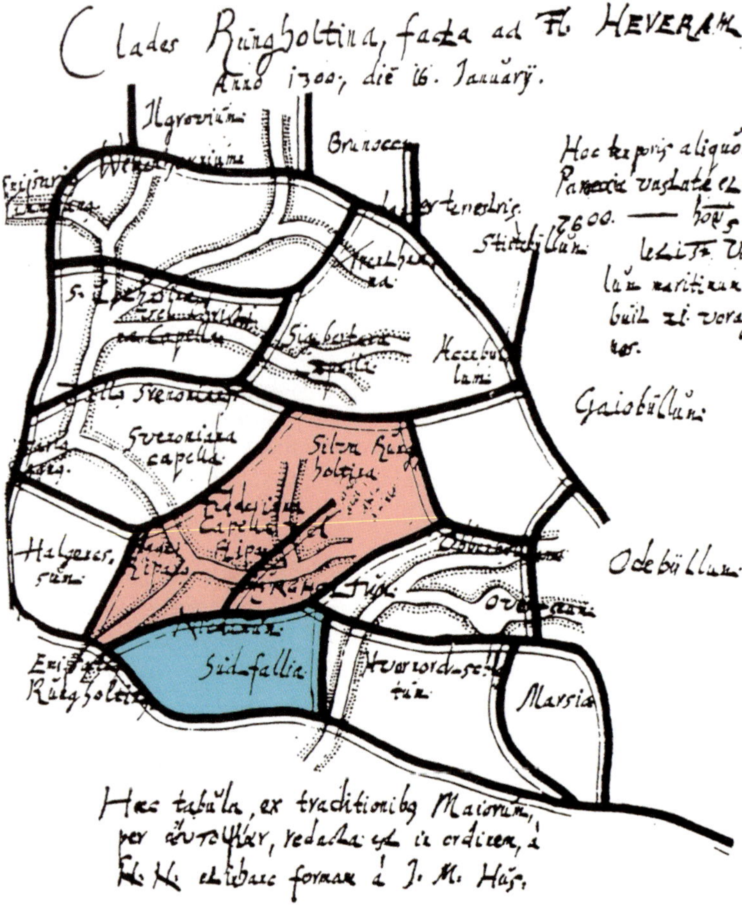

Peter Sax – Clades Rungholtina

Rungholt

Der verlorene Hafen

Für die frühen Küstenbewohner wurde 1362 zum Schicksalsjahr. Am 16. Januar zerstörte eine verheerende Sturmflut einen Großteil ihres Siedlungsraumes. Man schätzt, dass viele Tausende von Menschen an der Nordseeküste ihr Leben verloren. Weite Landstriche waren unwiederbringlich verloren. Im nordfriesischen Wattenmeer ragte nur noch die hufeisenförmige Insel Strand – später Alt-Nordstrand – aus dem Meer. Die ursprüngliche Küstenlinie gab es nicht mehr. Diese Flut wurde die Erste Grote Mandränke genannt und mit ihr ging Rungholt unter.

Es gibt keine Zeitzeugen, die uns die Lage oder auch nur die geografische Situation von Rungholt überliefert haben. Überliefert ist alleine eine Segelanweisung. Von Rungholt sind Karten etwa 300 Jahre nach dessen Untergang angefertigt worden. Alle Überlegungen, die sich auf diese Darstellungen, also auf Karten aus dem 17. Jahrhundert beziehen, bleiben Spekulationen.

Die zwei wichtigsten Kartografen Rungholts waren Peter Sax und Johannes Mejer. Sie haben faktisch identische Darstellungen von Rungholt erstellt, weshalb vermutet wird, der eine hätte beim anderen abgezeichnet.

Die „Clades Rungholtina" ist eine der ältesten Darstellungen Rungholts. Sie ist nicht datiert und stammt vermutlich aus der Mitte des 17. Jahrhunderts von Peter Sax. Peter Sax wuchs auf Nordstrand auf und war Ratmann und Baumeister. Er war nach seinen eigenen Aussagen mehrfach vor Ort.

Sax hat eine interessante Tuschezeichnung angefertigt. Sie verortet südlich Rungholts den Koog „Südfallia", der durch einen Deich mit Namen „Niedam" von Rungholt getrennt ist (der Koog Südfallia ist blau eingefärbt, der Rungholtkoog rot). Für diese Darstellung sprechen mögliche Reste des Niedammes, die Andreas Busch gefunden hat. Dieser Deich hatte einen nach Süden führenden Arm, der durch die Hever abgetragen war und sich nicht weiter verfolgen ließ. Er war ein Indiz für einen südlich gelegenen Koog und damit für die Echtheit der Darstellung von Sax.

Die bekannteste und am meisten zitierte Karte Rungholts ist die des Husumer Kartografen Johannes Mejer, die 1652 in der Danckwerth-Chronik veröffentlicht wurde. Es handelt sich um eine Karte mit Namen „Landtcarte Von dem Alten Nortfrieslande Anno 1240".

Mejer war der angestellte Hofmathematiker von König Christian IV. und Herzog Friedrich III. In deren Auftrag bereiste er jahrelang das Königreich, um es zu kartografieren. Er zog für diese Aufgabe alle Quellen heran, die es damals gab und ihm zugänglich waren. Dazu gehörten auch Berichte von Überlieferungen und Sichtungen vor Ort.

Auf dieser Grundlage hat er versucht, die Situation 400 Jahre vorher abzubilden. Er musste sich neben den Kulturspuren im Watt, die es damals sicher in weit besserem Zustand als heute gab, auf Überlieferungen verlassen. Bei einer Generationenfolge von 36 Jahren bedeutet das für Rungholt immerhin die Überlieferungen von acht Generationen. Je nachdem, ob man sich auf seine Karten beziehen will, wird seine Arbeit als zutreffend oder als reine Fantasie bezeichnet.

Die Genauigkeit seiner Arbeit ist bis heute eine immer wieder diskutierte Frage. Er war zu seiner Zeit ein ausgewiesener Experte, dessen Beruf es war, möglichst genaue Karten zu erstellen. Dies ist daher die Quellenlage, auf die wir uns beziehen müssen, mangels Alternativen und sofern archäologische Befunde dem nicht entgegenstehen.

In der Danckwerth Chronik hat sich Mejer in zwei Detailkarten explizit mit Rungholt beschäftigt. Er nannte diese Karten „Abriß von Rungholte" (Abb. S. 9 u. 10) und sie beweisen, dass Mejer die Bedeutung von Rungholt schon 1652 klar war. In dieser Karte wurde der Umriss der Insel Strand vor der Zweiten Mandränke 1634 zitiert. Er unterstellte, dass die Lage der Köge 1362 identisch war mit denen, die noch 1634 existierten.

Den von Peter Sax postulierten Koog „Südfallia" benennt er in „Niendam" um, statt diese Bezeichnung für den südlich von Rungholt gelegenen Deich zu verwenden (Koog

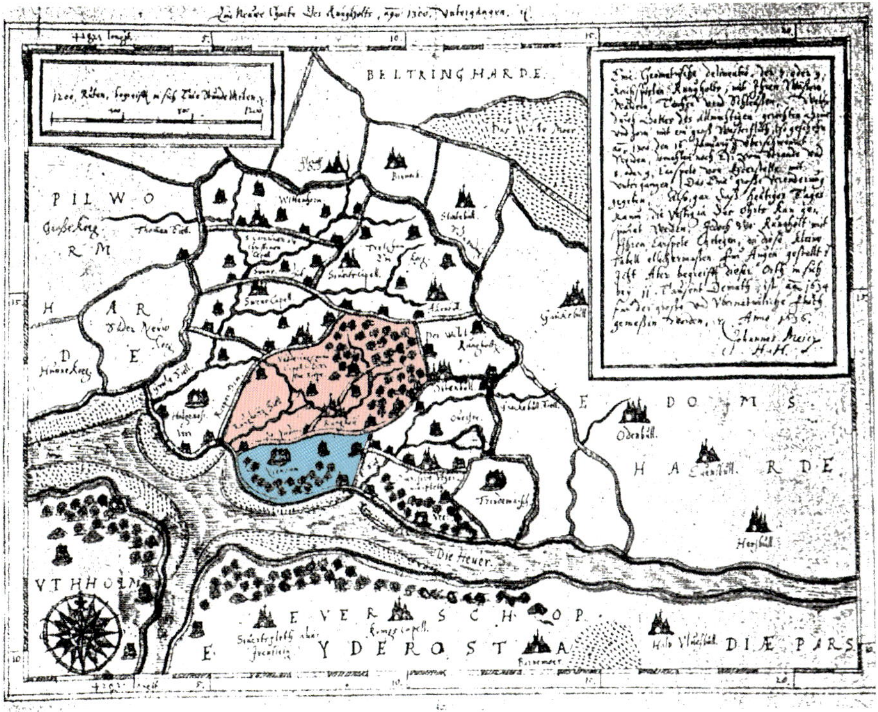

Johannes Mejer – Abriß von Rungholte

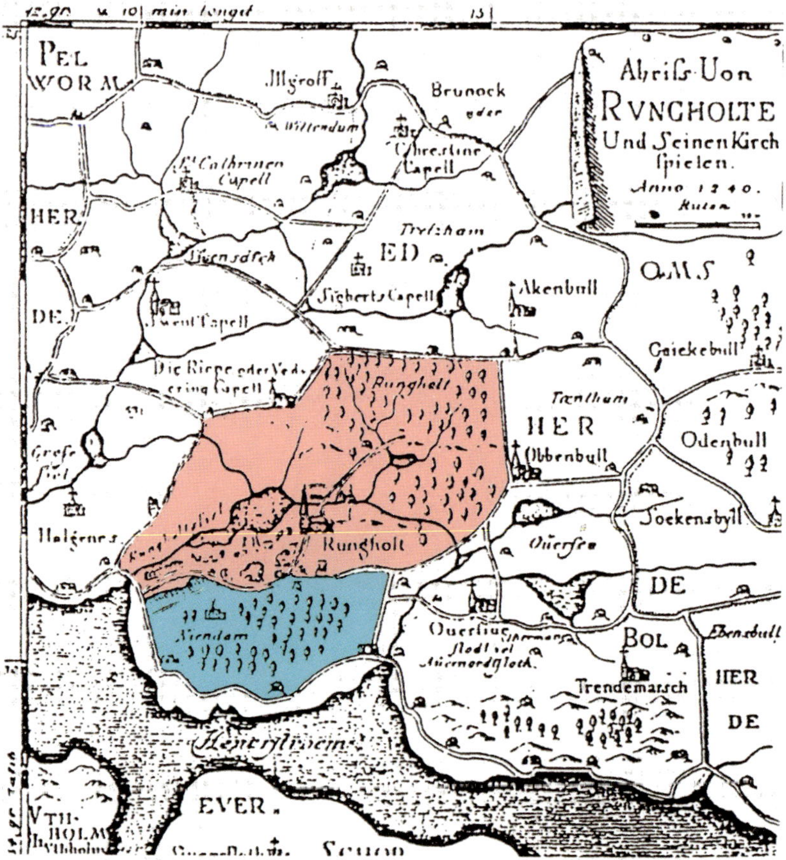

Johannes Mejer – Abriß von Rungholte und seinen Kirchspielen

blau eingefärbt). An der grundsätzlichen Aufteilung der Deichlinien ändert er nichts. Damit lag Rungholt nach Mejer immer noch in einem binnenlands gelegenen Koog, mit einem schmalen Zugang zur Hever über die berühmte Schleuse (der Rungholtkoog ist rot eingefärbt).

Erst mit seiner nach der Flut von 1634 entstandenen Karte „Landtcarte von Nordergoesherde, Ambt Husum, Lundenberg undt dem Nordstrande" von 1641 bezieht sich Mejer auf die von ihm vorgefundene Situation. Er benutzt die Bezeichnung „Südfall" für die damals existente Hallig. Wie Sax legt er Niedam und Rungholt nordöstlich dieser Ortsbezeichnung. Für Mejer entsteht der Name Südfall also erst mit der Existenz der Hallig und ist keine Bezeichnung für einen Koog.

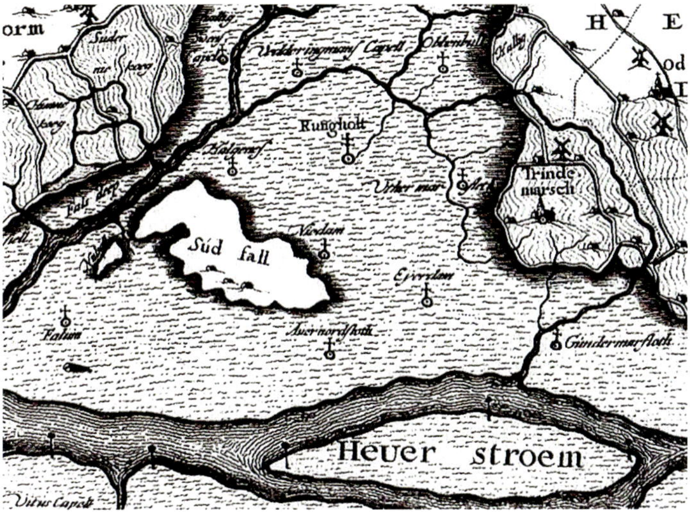

Ausschnitt aus der „Landtcarte von Nordergoesherde, Ambt Husum, Lundenberg undt dem Nordstrande" von Johannes Mejer, 1641

Johannes Mejer –
Landtcarte
Von dem Alten
Nortfrieslande
Anno 1240

Nach dieser Darstellung lag Rungholt eher auf der von den Zeitzeugen als „Rungholtsand“ bezeichneten Sandbank. Diese ist zu Mejers Lebzeiten tatsächlich gegenüber der von Andreas Busch gefundenen realen Position Rungholts weiter nordostwärts gewandert. Rungholt lag also nach Mejers Überzeugung nicht unter der Hallig Südfall. Das galt für die Generationen nach ihm. Die besondere Leistung von Andreas Busch bestand darin, sich über die Aufassung von Mejer hinwegzusetzen.

Es ist eine offene Frage, ob der Name Südfall erst mit der Hallig entstand oder ob sich der Name auf einen ehemaligen Koog bezieht. Die Zeitzeugen von Mejer und Sax waren der Auffassung, dass Rungholt von den Kögen Halgenes und Niendam oder Südfall einge-

Archiv Dr. Hans Joachim Kühn – Südlicher Deichrest

fasst wurde. Rungholt lag daher nur mit einem schmalen Teil seiner gesamten Deichlänge direkt an der Hever.

Dadurch bildete sich eine Bucht und damit ein ganz natürlicher Hafen. Ein solcher „Sielhafen" konnte von den Schiffen der damaligen Zeit angelaufen werden. Eine Kogge oder ein Holk ließen sich trockenfallen. Die Ladung wurde dann über das Watt mit Pferd und Wagen gelöscht. Dass Rungholt von Schiffen angelaufen wurde, beweisen Freifahrtsrechte, die im Hamburger Staatsarchiv liegen, und die ungewöhnlichen Keramikfunde.

Weder die Kartendarstellungen noch die von Andreas Busch gefundene Schleuse legen nahe, dass landeinwärts ein Hafen gelegen hätte. Der für Nordfriesland lange Jahre zuständige und mittlerweile pensionierte Archäologe Dr. Hans Joachim Kühn stellte im Jahr 2012 auf den Nordstrander Rungholttagen fest, dass es keine Beweise für einen binnendeichs gelegenen Rungholter Hafen gibt. Die archäologischen Befunde geben uns vielmehr Hinweise darauf, dass die Rungholter Schleuse nicht von Schiffen passiert wurde und dass südlich vor Rungholt noch ein Koog lag.

Robert Brauer mit dem Mühlstein von Rungholt

Wo lag Rungholt wirklich?

In den 1950ern wurden nördlich Südfalls neue Funde gemacht. Brunnenringe, Hausreste und Gräben traten zutage. Andreas Busch mochte diese neuen Funde nicht seinen Funden weiter südlich als Rungholt zuordnen. Vielmehr vermutete er in diesen Spuren den Ort Fedderingman Kapelle. Durch die sich ständig verändernde Sedimentierung treten immer

Bodenkarte und Fundsituation um Südfall

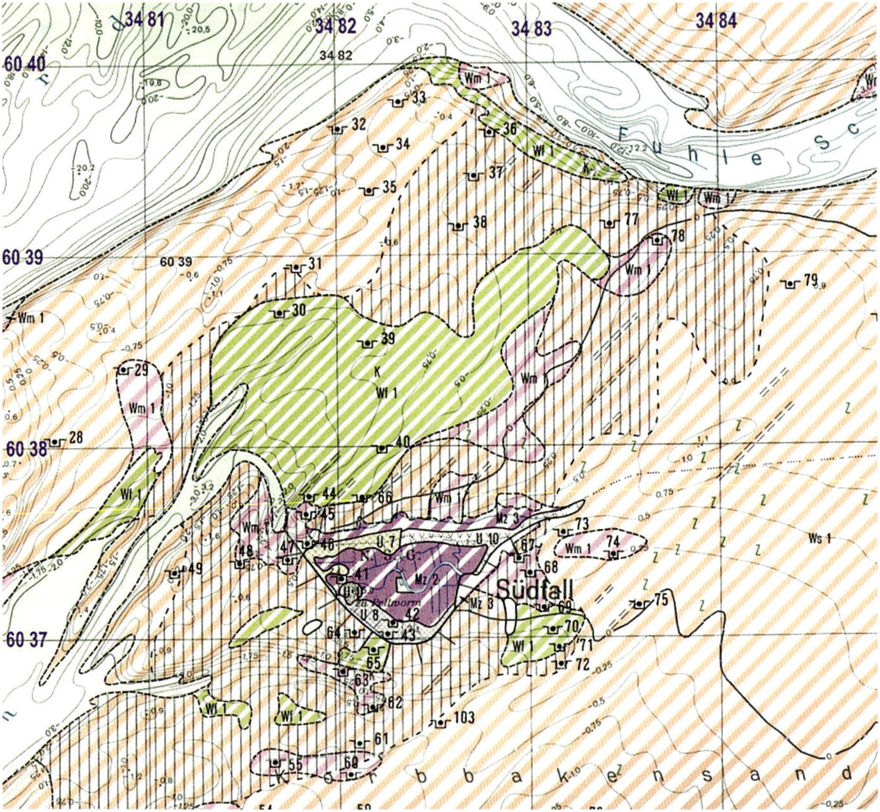

Bodenkarte von Schleswig-Holstein 1:25.000, Blatt 1518 Südfall und Rungholtgebiet, Geologisches Landesamt Schleswig-Holstein (1980). Wissenschaftliche Bearbeitung: H. Finnern, H.-K. Siem. Kiel.

wieder neue Teile Rungholts zutage. Heute ziehen sie sich bis weit nach Nordosten hin. Wer sich von Nordstrand mit offenen Augen Rungholt nähert, kann an vielen Stellen die Kulturspuren der Köge um das östlich von Rungholt gelegene Kirchspiel Eidam an den Prielsäumen zutage kommen sehen.

Das Geologische Landesamt Schleswig-Holstein veröffentlichte 1980 eine Bodenkarte des Bundeslandes. Das Blatt 1518 beschäftigt sich mit Südfall und der Situation im Rungholtgebiet (Abb. links). Diese Karte gibt geologische Hinweise auf im späten Mittelalter untergegangenes Kulturland, das sich in den alten Marschböden abzeichnet. Es ist eine offene Frage, ob damit wissenschaftlich begründete Daten für die tatsächliche Lage und Ausdehnung des historischen Rungholts vorliegen.

Der hellgrün gefärbte Bereich ist sogenannter Fossil- und Reliktboden. Das sind Wattsedimente aus Feinsand über altem Kulturland. Dies besteht zum großen Teil aus fossilen Böden, die sich aus grünlichem bis bläulichem Ton zusammensetzen. Sie enthalten meist Pflanzenreste und sind überwiegend trittfest.

Der dunkelgrün gefärbte Bereich sind „Unterlagerungen bis 200 cm unter Flur". Darunter versteht man, dass bis 2 m Tiefe ein Ton vorkommt, der auch zu „fossilem Boden" gerechnet werden kann. Zu beachten ist, dass hier nicht mehr explizit von „Kulturland" gesprochen wird. Es könnten hier auch ältere natürliche Bodenbildungen vorkommen. Die Gesamtsituation spricht aber dafür, dass hier unter einer Deckschicht noch Böden von Rungholt anstehen könnten.

Es ist eine Hypothese, dass der dunkelgrüne Bereich in etwa die maximale Ausdehnung von Rungholt angibt. Diese geologischen Forschungsergebnisse sind kein Beweis, aber eine wissenschaftliche Begründung zur Lage von Rungholt. Rungholt wäre danach viel größer, als man es sich bisher vorstellte. Schon Andreas Busch berechnete über 2000 Einwohner für den Rungholter Koog, eine zur damaligen Zeit mit Kiel vergleichbare Größe.

Die zweite Detailkarte von Johannes Mejer, „Abriß von Rungholte und seinen Kirchspielen" (S. 10), ist die umfangreichste Darstellung Rungholts. Es ist umstritten, ob Johannes Mejer seine Karte in Anlehnung an die ihm bekannten Deiche der Insel Strand frei entwickelt und nach eigenem Gutdünken Kirchen und Orte ergänzt hat. Denn viele Deiche der Insel Strand sind erst nach 1362 neu errichtet worden und waren daher zur Zeit von Rungholts Untergang nicht existent.

Dass vor dem Niendam-Deich noch ein Koog lag, geht aus den von Busch kartierten Kulturspuren hervor. Ebenfalls dürfte der Seedeich nördlich entlang der Hever verlaufen sein. Auf der Grundlage der Deichlinie der Insel Strand vor 1634 kann man die Karte „Abriß von Rungholte“ leicht in ein Geoinformationssystem (GIS) einpassen. Rot eingefärbt ist

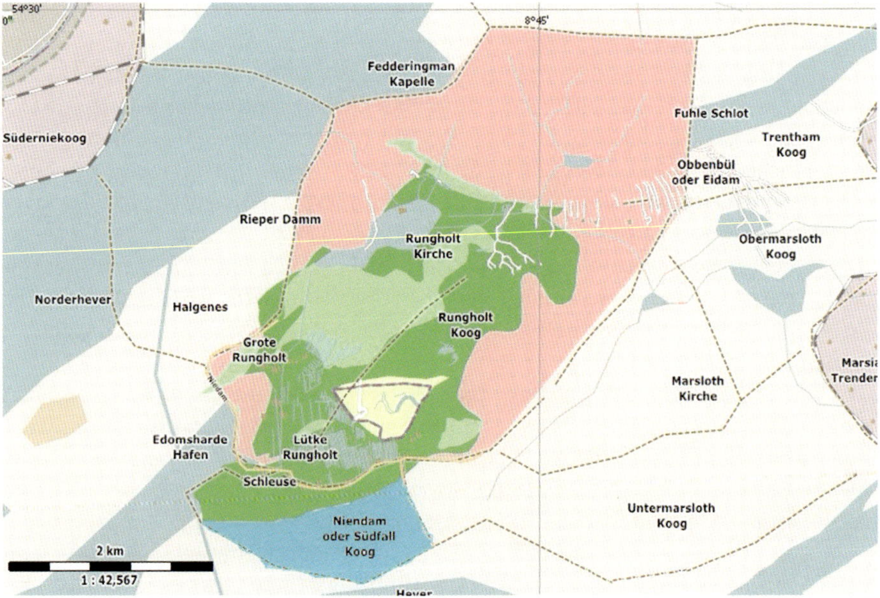

Bodenkarte mit Johannes Mejer

der Rungholter Koog und zum Vergleich sind die Hallig Südfall und der heutige Verlauf der Wasserstraßen in der Darstellung belassen worden. Braun gestrichelt sind die Deichlinien nach Mejer, seine Wasserläufe sind in Blau gehalten.

Es ergibt sich eine verblüffende Übereinstimmung mit den archäologischen Befunden der letzten 100 Jahre. Wenn man nun den geologischen Befund über diese Darstellung legt, dann zwingt sich der Verdacht auf, dass Johannes Mejer seine Darstellung nicht ganz aus der Luft gegriffen hat.

Zunächst einmal fällt auf, dass der Rungholter Koog der größte war. Das mag der Grund gewesen sein, warum Rungholt der Hauptort der Edomsharde war. Die Edomsharde zahlte überdurchschnittlich viel Steuern und der Anteil und die Qualität der Importkeramik war höher als anderswo. Als Beleg gelten die maurischen Krüge, die im Rungholtwatt gefunden wurden.

Im Südwesten, nahe der Rungholter Schleuse, zeigt die geologische Karte eine Bucht. Die wird nur angedeutet in der hier rot dargestellten Deichlinie nach Andreas Busch. Möglicherweise lag hier ein natürlicher Hafen? Für die Rungholter Schleuse und ihre Position haben wir archäologische Beweise. Da das Wasser in die Hever abfließen musste und die geologische Karte nahelegt, dass der Niendam Koog weiter südwestlich lag, begünstigte das die Lage des Hafens. Außerdem würde dies nicht im Widerspruch zu den nicht vorhandenen archäologischen Spuren eines solchen Hafens stehen, da die betreffende Stelle

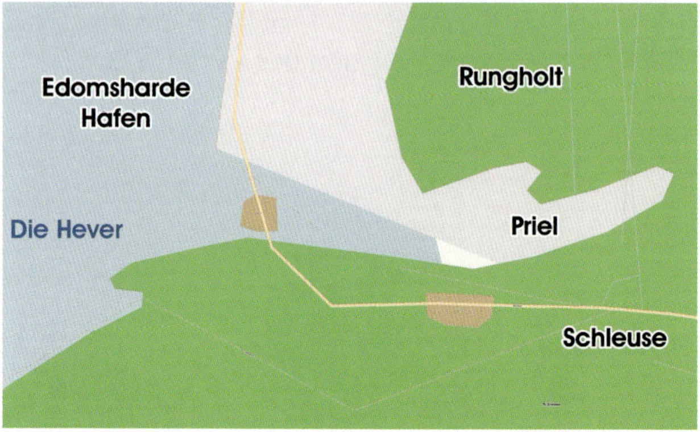

bis heute nicht trockengefallen ist und bisher nicht untersucht wurde. Ob die Rungholter Schleuse eine Schifffahrtschleuse war, wird immer wieder diskutiert. Beweise gibt es dafür bisher keine.

Die geologische Karte legt auch nahe, dass die Schleuse nicht direkt an der Hever lag, sondern in einen Priel oder Sielzug entwässerte. Das würde sich mit Andreas Buschs Erkenntnissen decken, der die Schleuse in einem, für archäologische Verhältnisse, guten Zustand vorgefunden hatte. Sie war also durch die Sturmflut von 1362 nicht wesentlich zerstört worden.

Dabei war sie für die Sicherheit des Rungholter Kooges bei einer großen Sturmflut eine Gefahrenstelle. Denn hier musste eine diffizile Holzkonstruktion dem Wasser standhalten und zwar von beiden Seiten. Es gibt meteorologische Beweise, dass der Sturm im Januar 1362 in England einer der schwersten überhaupt gewesen ist und dass dort ebenfalls ein Ort untergegangen ist. Wir gehen davon aus, dass er drei Tage lang wütete. Das Wasser hat sich binnendeichs gestaut, weil die Schleuse wegen des hohen Wasserstandes der Nordsee nicht entwässern konnte. Die Rungholter Schleuse war eine Entwässerungsschleuse, die Binnenwasser ins Meer abgeben und gegen Hochwasser schützen musste. Sie kann deshalb Siel genannt werden. Das sich im Rungholter Koog stauende Binnenwasser könnte der Grund gewesen sein, warum es einen unerklärlichen, mitten im Koog endenden Binnendeich gab. Er sicherte den Koog gegen Überschwemmungen von innen heraus ab.

Die geologische Karte liefert ebenfalls einen Hinweis darauf, dass die Nordsee nicht bei der Schleusenkonstruktion in den Koog eindrang. Hinter dem Deich, der den Rungholter Koog von der Hever trennte, fehlt ein großes Stück Kulturboden. Bei einem Deichbruch entsteht hinter dem Deich, dort, wo das Wasser hineinfließt, eine Auskolkung, eine Wehle. Das lässt sich auf der Karte deutlich erkennen. Allerdings ist sie für einen „normalen" Deichbruch riesig. An dieser Stelle müssen gewaltige Mengen Wasser in den lang gestreckten Rungholter Koog geflossen sein. Das wird umso glaubwürdiger, da eine Bucht das Aufstauen des seewärtigen Wassers bei einem Süd-West-Sturm begünstigte. Der Koog muss durch seine Lage schnell vollgelaufen sein.

Die mögliche Bruchstelle aus der Luft gesehen

Wie lange überlebte Rungholt?

Die Flut von 1362 war nicht das Ende der Siedlungsversuche in dem Rungholt zuzurechnenden Bereich der Edomsharde, obwohl westlich und südlich der Hallig Südfall keine Funde gemacht wurden, die auf eine Besiedlung nach 1362 hinweisen. Für die Existenz der Edomsharde gilt als Beleg das zweite, jüngere Hardensiegel. Dieses wurde nachweislich erst nach der Ersten Manndränke verwendet. In der Rungholtforschung wurde 1532 als das Jahr festgelegt, in dem die Reste von Rungholt endgültig untergingen.

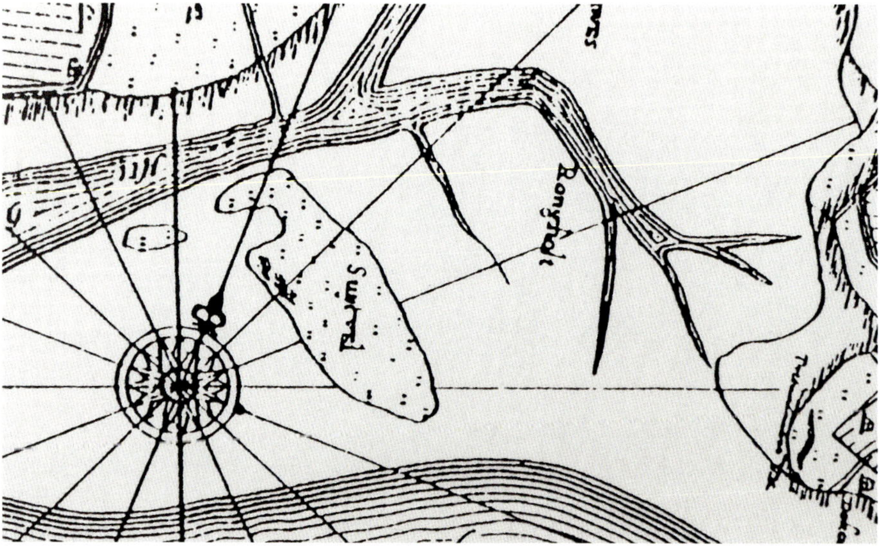

Südfall mit Nubel nach Quirinius Indervelden 1659

Das Holzfass

Neue Funde werden im Watt meistens nach den Frühjahrsstürmen gemacht. Diese sorgen für Bewegung des Wattbodens und legen dadurch bisher Unbekanntes frei. Auch ohne Sturm kann das Watt erstaunlich dynamisch sein. Überraschungen kann es bei jeder Wattführung geben, und wo vor 14 Tagen nichts Ungewöhnliches zu bemerken war, tauchen plötzlich unbekannte Gräben auf. So eine einmalige Gelegenheit muss sofort genutzt werden, um die Fundstelle mit GPS einzumessen.

Im Rahmen der regelmäßigen Rungholt-Wattwanderungen wurden in den letzten Jahren nördlich der Hallig Südfall bisher verborgene Kulturspuren entdeckt. Neben neuen Gräben wurde ein kreisrunder Abdruck im Boden gefunden. Möglicherweise die Reste eines Holzfasses, das dem Speichern von Süßwasser diente?

Von der auf Rungholt entstandenen Hallig Südfall gibt es zahlreiche Kartendarstellungen. Allen zu eigen ist, dass die Hallig, bezogen auf die heutige Hallig, nach Nordwesten ausgerichtet lag. Die neuen Funde lassen sich nicht mit der maximalen Ausdehnung der historischen Hallig Südfall in Deckung bringen. Müssen diese Kulturspuren Rungholt zugerechnet werden, denn sie würden in den alten Rungholter Koog passen?

Einer der „neuen" Gräben, nordöstlich von Südfall

Reste von sieben Entwässerungsgräben konnten dokumentiert werden, darunter ein Sielzug, der größere Wassermengen aufnehmen konnte. Die mit Torf verfüllten Gräben waren in einer Länge von 15 bis 40 m freigespült und 50 cm breit, der Sielzug hatte eine Breite von 3,75 m. In den letzten Jahren hat es im Rungholtgebiet nicht mehr solche bemerkenswerten Veränderungen gegeben.

Es handelte sich bei der entdeckten Fläche um eine typische landwirtschaftliche Nutzfläche, wie sie durch Andreas Busch im Rungholtgebiet vielfach dokumentiert wurden. Ob die Gräben zum 1362 untergegangenen Rungholt oder zu den späteren Siedlungsversuchen gerechnet werden müssen, könnte nur eine genaue Untersuchung erweisen.

Der Nordstrander Heimatforscher Robert Brauer analysierte die Daten und erkannte Formationen wieder, die Victor Graf von Reventlow-Criminil schon in den 1950er-Jahren untersucht hatte. Er erkannte sie als die Verlängerung seiner Entdeckungen. Er vermutete, dass die Spuren zu einer Nachfolgesiedlung gehören.

Während einer Exploration im Sommer 2013 war Rungholt vollständig von Wasser bedeckt. Einige Zeit später fand eine Führung nach Rungholt unter prominenter Beteiligung statt. Prof. Dr. Jürgen Newig, Vorsitzender der Archäologischen Gesellschaft Schleswig-Holstein, und Prof. Dr. Thomas Steensen, der Direktor des Nordfriisk Instituut, machten sich mit vielen Gästen auf den Weg zu den Kulturspuren von Rungholt.

Die Experten beteiligten sich mit sehr kompetenten Sachvorträgen. Mit ihrem fundierten Wissen konnten sie den Besuchern ein eindrucksvolles Bild von den Geschehnissen der damaligen Zeit vermitteln.

Ein siebenjähriger Junge hatte dann das enorme Glück, einen Teil eines verkorkten Kruges mit einem eingearbeiteten Symbol zu finden. Prof. Dr. Newig barg den kostbaren Fund. Es war das Bruchstück eines Bartmannkruges. Diese Art von Krug trat im Rheinland (Köln, Siegburg, Frechen, Raeren) um 1500 auf und erfreute sich besonders im 16. Jahrhundert großer Beliebtheit. Die Wahrscheinlichkeit spricht dafür, dass er von einer Siedlung stammt, die möglicherweise 1634 untergegangen ist. Ein ähnlicher Krug wurde in dem Buch „Keramik des Mittelalters und der frühen Neuzeit aus Nordfriesland" von Peter Hartmann ab-

Prof. Dr. Thomas Steensen und Prof. Dr. Jürgen Newig

gebildet. Prof. Dr. Newig konnte bestätigen, dass solch ein Krug bereits in der Umgebung von Rungholt gefunden wurde, aber es gab keine Erkenntnisse zum Alter.

Der Fund warf einige interessante Fragen auf: Handelt es sich um einen Zufallsfund, der durch Verdriftung entstanden war? Haben möglicherweise Arbeiter vor 400 Jahren das Gefäß stehen lassen oder verloren? Dagegen spricht, dass sich an der Fundlage zahlreiche Scherben finden lassen. War die historische Hallig Südfall erheblich größer, als man bisher angenommen hat? Hat sie sich viel weiter nordöstlich befunden? Gab es möglicherweise eine Nachfolgesiedlung von Rungholt bis hinein in das 17. Jahrhundert und ging sie vielleicht erst mit der Zweiten Mandränke 1634 unter?

Die Funde vom Südufer des Fuhle Schlot sprechen für eine kontinuierliche Besiedlung vom 14. bis zum 16. Jahrhundert. Hier könnten Landreste sogar noch bis in das frühe 17. Jahrhundert besiedelt gewesen sein.

Das macht die Rungholtforschung so aktuell wie nie. Das Watt wird in den kommenden Jahren weitere Funde freigeben und für einige Überraschungen sorgen. Unser Bild von der Geschichte wird sich weiterentwickeln, denn Rungholt hat seine Geheimnisse noch nicht alle preisgegeben.

Der Bartmannkrug

Die Rungholt-Okarina

Mitten im Zweiten Weltkrieg stürzte ein englischer Flieger an einem nebeligen Abend im Watt vor der Hallig Südfall ab. Er kannte Ebbe und Flut und wusste, dass er bei der nächsten Flut ertrinken würde. Er brauchte dringend Hilfe. Im Schlick entdeckte er eine graue Tonflöte. Er war, ohne es zu wissen, in die Kulturspuren von Rungholt geraten. Indem er auf der Flöte spielte, machte er die seit 1910 auf Südfall lebende „Halliggräfin" Diana von Reventlow-Criminil auf sich aufmerksam. Sie ging den seltsamen Tönen nach und rettete so den Flieger vor dem sicheren Tod.

So weit eine unterhaltsame Geschichte, die vor einiger Zeit sogar Eingang in eine Dokumentation des ZDF über Rungholt fand. Das NordseeMuseum Husum hat daraufhin diese Flöte in seine Dauerausstellung aufgenommen. Sie hat die Inventar-Nummer „K 3106", aber die Herkunft der Flöte konnte nicht zweifelsfrei geklärt werden. Sie stammt wahrscheinlich aus dem Nachlass der Gräfin von Reventlow-Criminil 1953 oder dem von Andreas Busch 1972, die beide ihre kulturgeschichtlich wichtigsten Stücke dem Museum überlassen haben. Der bekannte Kieler Geograf Prof. Dr. Newig konnte weiterhelfen. Er fand in dem Buch von Rudolf Muuss „Rungholt – Ruinen

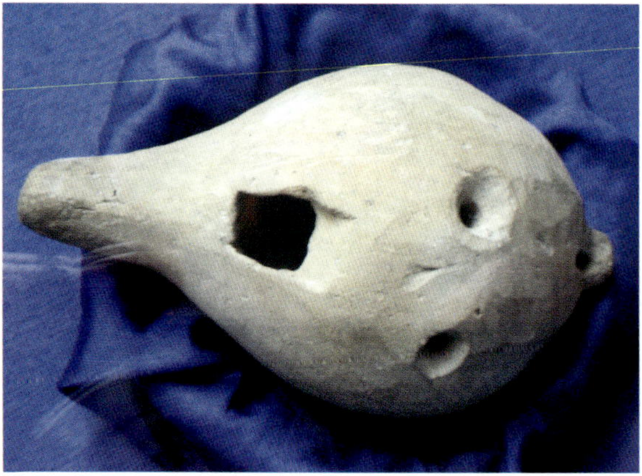

Originale Flöte im NordseeMuseum, Husum

Ehemalige Zollwache, später zur Flugwache ausgebaut, am Trendermarschdeich in der Nähe der heutigen Badestelle Fuhlehörn

unter der Friesenhallig" aus dem Jahr 1927 eine Fotografie eben dieser Flöte. Dieses Foto stand dort im Zusammenhang mit weiteren Funden im Rungholt-Watt. Damit konnte sie ein englischer Pilot nicht 17 Jahre später dort gefunden haben.

Die Rungholt-Flöte ist ein kugelförmiges, einteiliges Instrument aus gebranntem Ton. Sie ähnelt den ältesten Instrumenten, die Menschen je verwendet haben. Schon vor 12 000 Jahren sollen sie benutzt worden sein. Die im Rungholtwatt gefundene Gefäßflöte hat nur zwei Spiellöcher, aber schon einen Kernspalt, so wie eine Blockflöte. Deshalb ist sie keine typische Okarina, die mindestens vier Spiellöcher hat. Sie konnte dank einer Öse mit einem

Lederband um den Hals getragen werden. „Deshalb wurde sie möglicherweise nicht zum Musizieren, sondern als Signal- oder Lockflöte eingesetzt", erläutert Dr. Sven-Hinrich Siemers, ehemaliger Leiter des NordseeMuseums. „Der helle, graue Ton spricht dafür, dass sie heimischen Ursprungs sein könnte." Sie ist ein einzigartiger Fund und es gibt bundesweit nicht viele so gut erhaltene Flöten aus dem 14. Jahrhundert.

Der Nordstrander Heimatforscher Robert Brauer ist sich sicher, dass der Absturz des englischen Fliegers 1944 passiert sein muss. Seine Informationen hat er von einer Bediensteten der Gräfin von Reventlow-Criminil. Sie berichtete nach dem Krieg, dass die Gräfin einen englischen Piloten etwa zwei Wochen auf der Hallig versteckt hielt. Dieser soll dann über das Watt die Hallig verlassen haben, um sich auf eigene Faust nach England durchzuschlagen. „Der Name des Piloten und sein weiteres Schicksal sind unbekannt. Obwohl schon mehrfach versucht wurde, das zu klären", so Robert Brauer. Sollte die Gräfin tatsächlich einen überlebenden englischen Flieger im Krieg versteckt haben, ging sie ein hohes persönliches Risiko ein.

Die alliierten Luftstreitkräfte nutzten ab 1941 die Route zwischen Amrum und Eiderstedt häufig, da sie praktisch flakfrei war. Infolge von Luftkämpfen mit den in Husum und in Wyk auf Föhr stationierten Jägern kam es hier trotzdem immer wieder zu Abstürzen von deutschen und alliierten Flugzeugen. Auf Nordstrand, Pellworm und auf der Hallig Süderoog waren Flugwachen stationiert, um militärische Dienststellen über solche Abstürze zu informieren. Der Zeitzeuge Robert Brauer erklärt: „An Luftkämpfe über Nordstrand kann ich mich nicht erinnern. Die Engländer warfen aber auf dem Rückweg häufig über der Insel und dem Wattenmeer ihre restlichen Bomben ab, damit ihre beschädigten Flugzeuge leichter wurden. Sie flogen dann ziemlich tief über den Deich. Im Trendermarschkoog auf dem Deich war die Flugwache stationiert."

Schon seit Beginn des Krieges wurden Angriffe auf die Fliegerhorste von Sylt geflogen. Die Luftabwehr auf Sylt meldete 1940 insgesamt 22 Abschüsse (vgl. Voigt „Die Festung Sylt", S. 153 ff.). Sofern die Besatzungen den Absturz überlebten, wurden sie gefangen genommen und der Luftwaffe übergeben. Allerdings kam es auch zu Misshandlungen. Das wurde Mitte 1944 durch einen Befehl der Luftflotte Reich verschärft, wonach gefangene Flieger dem Volkszorn auszusetzen seien. Damit waren die Überlebenden praktisch rechtlos.

Im Jahr 2013 erstellte die Nordstrander Töpferei eine Replik der Flöte. Dieser Replik konnten Töne entlockt werden, die allerdings ziemlich leise waren. Das bewies, dass die im NordseeMuseum ausgestellte Gefäßflöte nicht zum Erzeugen lautstarker Töne, die Wind und Wellen im Watt übertönen mussten, benutzt worden sein kann. Denn die Anblaskante der im Rungholtwatt gefundenen Flöte war erheblich beschädigt. Sie konnte überhaupt keinen Ton erzeugen, und das gilt auch für nasse Flöten. Hier findet sich möglicherweise auch der Grund dafür, dass sie von ihrem ursprünglichen Besitzer 600 Jahre vorher weggeworfen worden war.

Funktionsfähige Replik der Rungholt-Gefäßflöte

Die Geschichte um die Rungholt-Flöte wirft viele ungelöste Rätsel auf. Der englische Flieger kann diese Flöte nicht benutzt haben. Zumal, wenn sie vor 1927 gefunden wurde. Für die Existenz des Piloten gab es Zeugen. Auf sich aufmerksam gemacht hat er vielleicht, indem er auf seinen Fingern pfiff, oder er hatte in seiner Überlebensausrüstung einen Signalgeber?

Unter dem Namen Rungholt-Flöte ist die Okarina in die Geschichte eingegangen.

Spurensuche vor Pellworm

Der Fassbrunnen

Rungholt ist heute der populärste Ort, weil er wegen seiner Größe und seines Reichtums Gegenstand von Sagen und Gedichten wurde. Dabei finden sich Siedlungsspuren aus der Zeit vor 1362 noch an vielen Orten. Sie sind aber nicht Gegenstand der öffentlichen Aufmerksamkeit, obwohl sich die Besiedlung mit vielen Funden belegen lässt.

So findet man vor Pellworm zahlreiche Beweise für diese frühe Besiedlung. Das der Alten Kirche vorgelagerte Wattenmeer ist ein Beleg dafür. Der damals bewohnte Streifen zieht sich bis in den südlichen Teil von Tammwarft. In diesen kleinen Streusiedlungen finden sich Brunnenringe, Umrandungsgräben, Entwässerungsgräben und kleine Warften. Eine Siedlung lag keine 600 Meter westlich der Alten Kirche.

Warft bei der alten Kirche vor 1362

Einen Kilometer weiter westlich findet sich die nächste Siedlung. Hier wurden Krüge, Töpfe, Holzschuhe und Holzschüsseln gefunden. Darüber hinaus lag eine Unzahl Knochen von ertrunkenen Tieren verstreut im Wattboden. Darunter befanden sich Hühner, Schweine, Schafe und Hunde. Einige hundert Meter südlich fand sich in einer Siedlung ein Brunnen aus Weidengeflecht und einer aus einem dicken Weinfass. Das war ungewöhnlich, denn normalerweise finden sich bei Pellworm nur Brunnen mit einer Torf- bzw. Sodenumrandung.

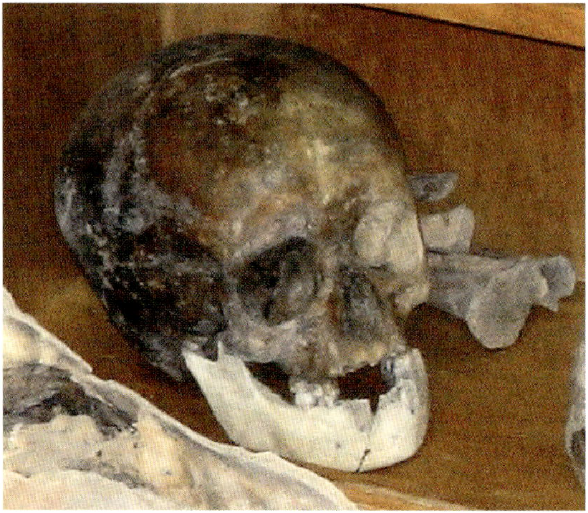

Skelett eines Kindes

In unmittelbarer Nähe südlich der heutigen Siedlung Tammwarft fand Hellmut Bahnsen einen seltsamen Topf in einem Umrandungsgraben: Er enthielt noch Reste von angebrannter Milch, die Jahrhunderte in dem verschlickten Graben überdauert hatte. Der strenge Geruch hielt sich noch einen Tag. Was war passiert? Der Topf mit der übergekochten und angebrannten Milch wurde vermutlich an den Rand des Brunnens zum Abkühlen gestellt. Von hier rollte der Topf dann die abschüssige Warft hinunter und landete im Graben.

Wiederum einen Kilometer weiter südlich der gerade beschriebenen Siedlung lagen zwei große Warften. Sechs Brunnen und zwei Fethinge weisen auf dichtere Besiedlung hin. Hier fand sich eine große Zahl an Kulturspuren.

Makaber war der Fund in einer lang gestreckten Siedlung ca. 800 Meter nördlich der Nordermühle. In einem Graben lagen über zehn Totenschädel und eine große Zahl menschlicher Knochen. War dies das tragische Ergebnis einer Sturmflut oder vielleicht lagen hier die Überreste der Opfer eines Gewaltverbrechens?

Auch im Watt vor Buphever liegen die Reste einer großflächigen Siedlung, die nahezu 0,5 ha umfasst. Merkwürdig, dass in Gruben mit sehr vielen Tonscherben auch nahezu unbeschädigte Töpfe zu finden waren.

Buphever Brunnen

Unten rechts befinden sich die Spuren der angebrannten Milch

Insel Strand

Der Untergang

Neue Deiche

Im 17. Jahrhundert blickten die Menschen auf mehr als 500 Jahre Deichbauerfahrung zurück. Die Deiche waren vor 1634 nach Andreas Busch 4,38 m über der durchschnittlichen Fluthöhe aufgeschüttet (mittlerem Tidehochwasser – MThw, zu NN + 0,38 m). An der Seeseite waren sie an besonders gefährdeten Stellen durch eine Bretterwand geschützt und wurden „Stackdeiche" genannt.

Dr. Hans Joachim Kühn hat zu dem Thema lange geforscht. Nach seinen Befunden waren Stackdeiche nicht die vorherrschende Deichkonstruktion in Nordfriesland. Sie waren eher eine kostspielige Notlösung überall dort, wo Deiche schar lagen, weil sie ihr schützendes Vorland verloren hatten, oder wo bei Neubauten Deiche über Watt oder durch Priele geführt worden sind. Es gibt keine Beweise dafür, dass in Nordfriesland Stackdeiche schon im Mittelalter gebaut worden sind. Die ältesten Belege stammen aus Nordholland spätestens um 1440 n. Chr. In Nordfriesland ist diese Technik erst etwa um 1530 angewendet worden.

Heute gelten sie als Fehlkonstruktion, bot doch die 2,3 m hohe und senkrechte Bretterwand der Wellenkraft bei stärkeren Sturmfluten eine gute Angriffsfläche. Allerdings waren diese Deiche gegen Sandausschwemmung bei kleineren Hochwasserständen besser geschützt als aus Klei ausgeführte Bauten.

In den Jahren 1612 bis 1618 gab es schwere Überschwemmungen auf der Insel Strand. Davon war der gefährdetste, innere Teil der sichelförmigen Insel Strand betroffen, vor allem die Orte Stintebüll, Ilgrov und Brunock. Es kam zu tiefen Ausspülungen an den Durchbruchstellen, sogenannten Wehlen. Als es während der Ausbesserungen am 1.12.1615 zu einer schweren Flut kam, die vieles Neuaufgebaute zerstörte, gab es Meutereien bei den Fremdarbeitern.

Das große Problem beim Deichbau war es, die letzte Lücke zu schließen, durch die das Wasser mit großer Kraft fließt. 1617 stürzte beim Verschluss ein Teil des Deiches ein und drei Arbeiter ertranken. Man beschuldigte eine Frau der Hexerei. Schließlich benutzte man mit Sand verfüllte Schiffe und am 17.7.1617 wurde der Deich geschlossen. Obwohl es bis

Das Stackdeichmodell im Büsumer Deichmuseum

Mit zwei zusätzlichen senkrechten Balken wurde dieser Stackdeich in der Balumer Bucht verstärkt. Noch heute kann man an den Spuren im Watt erkennen, wie verzweifelt die Menschen gegen die mörderische Nordsee gekämpft haben.

1631 weitere starke Sturmfluten gab und immer wieder Bauern wegen der Deichbauarbeiten bankrott gingen, war dies die letzte große Baumaßnahme vor der Flut.

Bei mehreren Deichschauen wurde der Zustand der Strander Deiche als gut bezeichnet und man plante sogar, die Sichel mit einem Deich über die Hallig Südfall zu schließen. Die Orte Stintebüll, Ilgrov und Brunock hatten für die damalige Zeit die neuesten und modernsten Deiche.

Der Sturm

Der 11. Oktober 1634 war nach dem julianischen Kalender ein Samstag. Der Tag begann regnerisch, morgens zeigte sich kurz die Sonne und zu Mittag regnete es wieder. Es dämmerte und die Menschen waren im Haus, als gegen 18.00 Uhr ein Sturm aus Südwest einsetzte, der um 19.00 Uhr Orkanstärke annahm. Es handelte sich um ein Sturmtief des Jütland-Typs, das sich sehr schnell von West nach Ost bewegte. Um 20.00 Uhr war Hochwasser, eine halbe Springtide mit besonders hohem Wasserstand. Es kam zu hohem Wellengang.

Der Deich beim Kiefhuk auf Nordstrand. Gefährlich sind die Südwest-Stürme, sie drücken das Wasser an Nordfrieslands Küsten.

Ein Sturmtief treibt hohe Wellen gegen den Deich beim kleinen Nordstrander Hafen Strucklahnungshörn.

Große Wassermassen wurden auf das Nordufer der sichelförmigen Kerbe der Insel Strand in der Höhe der Dörfer Ilgrof, Brunock und Stintebüll gedrückt. Der Wasserstand am Deich war 35 cm höher als draußen im Meer und lag bei gut 4 Meter über Mthw. Dazu betrug der Wellennauflauf gut 1,80 m und überspülte die 4,38 m hohen Deiche. Durch den Überschlag der Wellen wurden die Deiche auf der Rückseite ausgespült und immer weiter geschwächt. Das nennt man Auskolkung.

Dann brach kurz nach 20.00 Uhr an den besonders gefährdeten Stellen der Deich. Das war bei Stintebüll und fast gleichzeitig bei Lith, nahe der Schanze.

Der Seedeich bei Hersbull, unmittelbar vor der Lithschanze. Nach wenigen Metern endet der Deichkörper im Nichts. Auf beiden Seiten ist er schwer beschädigt. Das lässt erahnen, mit welcher Gewalt der Sturm wütete. Hier brach der Deich gegen 20.00 Uhr als Erstes. Es bestand eine Engstelle zwischen Strand und Eiderstedt, an der sich das Wasser staute.

Gegen 22.00 Uhr drehte der Wind auf Nordwest. Durch diese Drehung brachen die Deiche der Nordseite von Balum und Bupte und an vielen anderen Stellen. Insgesamt sind 44 Deichbrüche mit teilweise tiefen Wehlen gezählt worden. Auch die Mitteldeiche hatten der Flut keinen nennenswerten Widerstand entgegenzusetzen. Bis um 2.00 Uhr war die Insel praktisch vollständig überflutet und der Sturm ebbte ab.

Der mehrfach reparierte Stackdeich in der Balumer Bucht. Er schützte den Norder-Neu-Koog. Dort, wo die Pfähle enden, drang das Wasser gegen 22.00 Uhr in die Insel Strand und besiegelte ihren Untergang.

Der Untergang

Maximal vier Stunden hatten die Menschen Zeit, sich zu retten. Es war Nacht und im Oktober kalt. Im Wasser ertrinkt man oder erfriert innerhalb kurzer Zeit. Es gab nur die Möglichkeit, sich auf höher gelegene Warften zu retten oder zum Wüsten Moor zu fliehen. In den zuerst und schnell überfluteten Kögen war die Lage aussichtslos. Die Menschen

Der dunkle Schatten im Hintergrund ist der heute noch mächtige Deichkörper des Moordeiches. Zu sehen ist die Bruchstelle bei Buphever. Der Mitteldeich trennte die Edomsharde von der Beltringharde und durchschnitt die Insel Strand.

Der völlig intakte, wuchtige Deichkörper des Moordeiches

versuchten sich auf die Dächer zu retten. Als die Häuser von den Wellen zerschlagen wurden, trieben sie mit den Dächern ab, die langsam auseinanderbrachen. Überall entstanden Brände, weil das Feuer der großen, kaminähnlichen Feuerstellen durch den Sturm den Dachstuhl in Brand steckte. Viele retteten sich auf Bretter und Balken und trieben damit in den Wellen. Einige ertranken in ihren Betten. Überall im aufgewühlten Wasser trieben Hausrat, Tierkadaver und Ertrunkene.

Die Menschen wussten, dass sie sterben mussten. Um nicht auseinandergetrieben zu werden und in der Hoffnung, sich gegenseitig zu retten, haben sich einige Familien zusammengebunden. So fand man sie Tage später angetrieben, in Liebe grausam vereint.

Die Zahlen der Katastrophe vermitteln kaum, welches Elend auf die Bewohner der Insel kam. 6123 Menschen starben auf der Insel Strand, das waren $^{2}/_{3}$ der Bevölkerung. 1339 Häuser wurden zerstört und 28 Windmühlen wurden weggetrieben. Hinzu kamen über 50 000 Stück Vieh, die in den Fluten jämmerlich ertranken. Die 22 Kirchen erwiesen sich als stabiler. Von ihnen wurden nur sechs Glockentürme zerstört. Kirchen in den nicht wieder bedeichten Kögen wurden später als Baumaterial verkauft. Viele religiös bedeutsame Einrichtungen finden sich bis heute in den Kirchen Nordfrieslands.

Dass die Deiche an so vielen Stellen fast gleichzeitig brachen, ist ein Indiz dafür, dass der möglicherweise mangelhafte Zustand einiger Deichabschnitte eine, aber keine wesentliche Ursache des Untergangs der Insel war. Es war das ungeheuerliche Ausmaß der Flut, mit hohen Wasserständen und Wellengang, dem die damaligen Außendeiche nicht gewachsen waren.

Die Vielzahl von Bruchstellen, die sehr schweren Deichbrüche am Anfang und Böden unterhalb des MThw machten es unmöglich, sie später alle wieder zu schließen. Die Insel Strand war mit dieser Flut für immer untergegangen.

Im Meer vergangen

Nach der verheerenden Flut von 1634 hatte die Nordsee für zwei Jahre freie Hand über die vormals landwirtschaftlich genutzten Flächen. Die überlebenden und gebliebenen Einwohner entschlossen sich, zumindest Teile der alten Insel Strand wieder einzudeichen. 1637/38 gelang es, die Insel Pellworm mit einem festen Seedeich wieder bewohnbar zu machen. Dies ist die eigentliche Geburtsstunde von Pellworm. Jahre später kamen noch weitere Köge durch Eindeichung hinzu. Sehr große Flächen konnten jedoch nicht mehr gerettet werden, sie gehören heute zum Wattenmeer.

Brunnen, östlich Osterwold

Um Pellworm kamen im Laufe der letzten Jahrzehnte unzählige Kulturspuren zum Vorschein. Hellmut und Rita Bahnsen hatten es sich zur Aufgabe gemacht, diese zu finden und zu dokumentieren. Eindeutig wiederfinden konnte das Ehepaar Bahnsen die Reste von Ilgrof mit einer Warft, Bupsee mit fünf Siedlungen, Osterwold mit zwei Siedlungen, Westerwold mit zwei Siedlungen, Balum mit einer Siedlung und schließlich den Norderniekoog mit einer Deichsiedlung.

Warftreste

Nicht jede Kulturspur verrät uns ihre Geschichte und die Schicksale der Menschen bleiben durchweg im Dunklen. Man darf davon ausgehen, dass jeder Hof von ca. 15–20 Menschen bewohnt wurde, angefangen von der Bauernfamilie bis hin zum Gesinde. Die Karten von vor 1634 zeigen eine dichte Besiedlung der Insel Strand. Der Grund dafür war die außerordentliche Fruchtbarkeit der landwirtschaftlich nutzbaren Flächen. Die große Fülle der um Pellworm herum gefundenen Kulturspuren legen davon zur Genüge Zeugnis ab.

In Buphever gab es sieben große Warften mit jeweils einem großen Bauernhof. 1999 entdeckte das Ehepaar Bahnsen, dass auf der kleinsten Warft eine Kirche gestanden haben muss. Es fehlen hier die hoftypischen Entwässerungsgräben.

Moordeich bei Lüttmoor

Die Gräben von Buphever ziehen sich bis zum Horizont.

Nicht nur die Warften schützten Mensch und Tier, sondern auch kilometerlange Mitteldeiche. Noch heute kann man Reste davon in der Verlängerung der Nordspitze des heutigen Bupheverkooges in Richtung Nordosten erkennen. Auf dem Moordeich sind die Überreste von sieben kleineren Häusern zu sehen.

Noch im Jahr 1960 befanden sich im Bereich Bupsee Reste der auf einer Einzelwarft stehenden Dorfkirche. Auf den Felsfundamenten konnte man lange Zeit entlanggehen. Die Unzahl weit verstreut herumliegender Backsteine hätte für einen Hausbau ausgereicht. Selbst das Kopfsteinpflaster der Straße war noch vollständig vorhanden. All diese Funde sind Opfer wandernder Priele geworden. Im Westteil des alten Kooges fand sich eine Warft.

Im Süden der Insel Pellworm lag Südersiel. Das war eine größere Deichsiedlung mit vier weit verstreut liegenden Warften. Die vielfältigen Wasserströme – Sielzüge – lassen an dieser Stelle auch einen Hafen vermuten. Erstaunlicherweise fand sich in dieser Umgebung eine Unzahl von Scherben, die keinerlei Gebrauchsspuren aufweisen. Hier wurde offenbar Handel mit den Gütern des täglichen Lebens getrieben.

Im Südosten des heutigen Süderkooges, ca. 500 Meter im Wattenmeer, befand sich früher ein Siel, das sicherlich zur Inselentwässerung, ähnlich der heutigen Schleuse am Hafen, diente.

Schleuse im Norder-Neu-Koog

Das tote Mädchen

Im Frühjahr 1982 entdeckte Hellmut Bahnsen ein Stück Holz, das aus dem Wattboden ragte. Hier müsste es sich um eine hölzerne Zuleitung zu einem Fething handeln, war seine erste Überlegung. Die Fundstelle befand sich direkt neben einer Hauptstraße, die von Buphever nach Osterwoldt ging. Bei näherer Untersuchung stellte sich jedoch heraus, dass es sich um einen Sarg handelte, der die sterblichen Überreste eines ungefähr 19-jährigen Mädchens enthielt.

Sarg bei Buphever

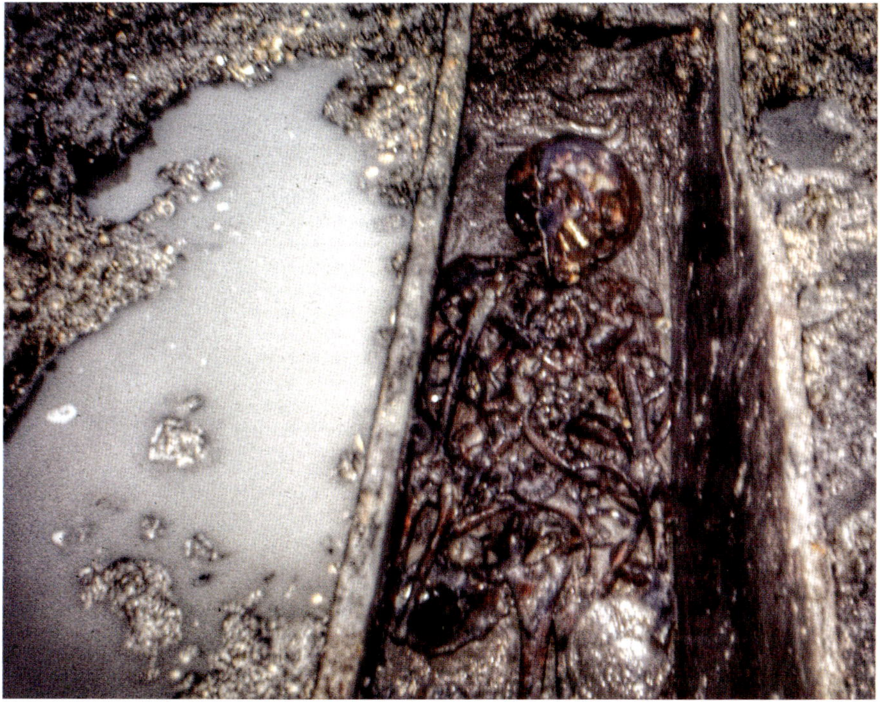

19-jähriges Mädchen bei Buphever

Nach genauer fotografischer Dokumentation nahm er eine neuerliche Bestattung vor. Den Schädel sicherte er zur weiteren Untersuchung. Ein Zahnarzt begutachtete den Schädel und kam zu der Überzeugung, dass die Todesursache eine Blutvergiftung gewesen sein musste, hervorgerufen durch eine schwere Entzündung im vorderen Unterkiefer.

Wie kam nun der Sarg in den Straßengraben? Dieses Geheimnis wurde erst 1997 gelüftet. Nur 50 Meter neben dem Sargfund entdeckte man den Friedhof. Knochenfunde im näheren Umfeld bestätigen dies. Bei der Sturmflut wurde der Sarg dann vermutlich freigeschwemmt und trieb in den Straßengraben, wurde mit Schlamm bedeckt und blieb über Jahrhunderte verschwunden.

Auch wenn dem Mädchen mit den damaligen medizinischen Mitteln nicht geholfen werden konnte, so gab es doch schon eine Apotheke in Buphever. 1998 fand man in einem Abfallgraben zwei Apothekergewichte in sehr kleiner Schüsselform. Ganz in der Nähe lagen bunt bemalte Glasscherben. Vermutlich war es das kostbare Glas eines Apothekerschrankes mit der Inschrift »Nommens«. Reste von Bleieinfassungen ließen sich an den Scherben feststellen. Nachweislich hat ein Nommens die Flut überlebt. Ob er der Apotheker war, blieb im Dunkel der Geschichte verborgen.

Goliath

Hellmut Bahnsen erlebte zuweilen auch Kurioses während der Wattwanderungen mit Kurgästen in dem untergegangenen Marschenland. Am 7. September 1995 fand er zwei grüne Teile einer Ofenkachel, die zusammenpassten. Auf dieser Kachel war das Relief einer Frau, die eine Tracht trägt, mit einer Waage zu sehen. Glücklich über diesen Fund sagte er im

Ofenkachel aus dem 17. Jahrhundert, gefunden bei Buphever. Mit Goliath-Darstellung und oben in den Ecken „H“ und „B“

Scherz zu den Kurgästen, die Waage sei sein Sternbild. Dies sei ein Beweis dafür, dass er in einem früheren Leben hier gewohnt haben müsste. Um die Sache komplett zu machen, sagte er noch, er würde sich am kommenden Tag die restlichen Sachen hier abholen, die er damals weggeworfen habe.

Dieser Scherz war reine Fantasie, die jedoch einen historischen Hintergrund hat. Kaum jemand kennt noch die Sturmflut von 1615, die viele Deiche zerstörte, das Land überflutete und 300 Menschen auf der Insel Strand das Leben kostete. Zerstörte Gehöfte wurden wieder aufgebaut und noch brauchbare Teile der alten Häuser wieder für den Neuaufbau verwendet. Reste an kaputter Keramik, kaputte Ofenteile und zerborstene Dachpfannen wanderten in den Müll.

Am nächsten Tag ist er tatsächlich wieder an diese Stelle gegangen und fand nach kurzer Suche einen wahren Schatz an kaputten Ofenkacheln. Viele passten zusammen. Nach dem Zusammenbau einer ca. 18 mal 19 cm großen bunten Eckkachel fand er in den oberen Ecken seine Initialien: H. B. Darunter war ein schwarzbärtiger Mann, der zwei abgeschlagene Kinderköpfe in seinen Händen hält. Es handelt sich um Goliath, so steht es auf dem unteren Teil der Kachel. Die Vergangenheit hatte eine Brücke in die Gegenwart geschlagen.

Eine Hofstelle

An der Küste waren zu Beginn der Neuzeit Fensterscheiben ein Zeichen beträchtlichen Wohlstandes. Nur begüterte Großbauern konnten sich Glasscheiben für ihren Hof leisten. Deshalb war es im 17. Jahrhundert üblich, zum Neubezug eines Hauses dem Bauherren aus dem Kreise der Nachbarschaft die überaus wertvollen Fensterscheiben zu schenken. Um als großzügige Spender dem Hofbesitzer in Erinnerung zu bleiben, ließen sie ihre Namen in die Scheiben einritzen. Eine solche wurde auf der Hofstelle von Bauer Sönke Bahnsen gefunden. Klein eingeritzt war tatsächlich der Name des Spenders: »Harmsen/Anno/1632«.

Nun könnte man auf den Gedanken kommen, dass Bauer Bahnsen 1632 einen neuen Hof gebaut hat. Bei genauerer Untersuchung der Hofstelle wurden allerdings verkohlte Balken und ein angebrannter und deformierter Keramiktopf gefunden. Auch fand sich eine zweite Grabenlinie quadratisch um die Warft gezogen. Das war ein Beleg für zusätzliche Erdentnahmen zur Erhöhung der Warft. Nimmt man all diese Indizien zusammen, kommt man zu dem Schluss, dass der Hof vor der Neuerrichtung abgebrannt sein musste. Alle

Mühe war vergeblich, denn die Freude über den Neubau währte nur zwei Jahre, er versank mit der Flut von 1634.

Torfabbau

Der 1634 untergegangene Trendermarschkoog ist einer ältesten Köge der Insel Strand. Der Sage nach sollen sich hier die Rungholt-Überlebenden angesiedelt haben. Die Kirche hieß St. Nicolaus und soll schon 1322 erbaut worden sein. Sie hat die Sturmflut überstanden, der Altar wurde 1644 nach Friedrichstadt gebracht. 1651 wurde die Kirche abgebrochen und das Bauholz verkauft. Bei der Flut 1634 ertranken im Koog 100 Menschen und 33 Häuser wurden zerstört.

Noch heute kann man alte Feldeinteilungen im Trendermarschkoog auf Nordstrand erkennen. Diese haben ihre Wurzeln in der Besiedlung vor 1362 und sind damit die ältesten noch existierenden Belege für die alte Edomsharde.

Von einer Kirche im Watt vor dem Trendermarschkoog ist heute nichts mehr zu erkennen. Sie liegt unter einer beachtlichen Schlickschicht. Dafür fanden sich 1500 m weiter östlich zahlreiche rechteckige Strukturen im Watt. Diese Formen sind typische Spuren von Torfabbau.

Innerhalb des seit dem Mittelalter bedeichten Landes wurden die Landoberflächen durch Entwässerung tiefer gelegt. Es wurde bisweilen auch Torf abgegraben. Wenn dieser Torfabbau im Vorland gelegen hat, dann sind diese Strukturen ein Beweis, dass die Strander einen guten Teil zu ihrem eigenen Untergang beigetragen haben. Denn dadurch wurden die Vorländer systematisch zerstört und abgesenkt. So kam das Meer viel leichter an die Deiche heran.

Stackdeiche

Das Weltnaturerbe Wattenmeer hat neben der schönen Natur auch sehr spannende Kulturspuren zu bieten. Um sicher zu ihnen zu gelangen, werden Erkundungswattwanderungen durchgeführt. Dabei wird vor der Saisoneröffnung der sicherste Weg für die geplanten Gästeführungen festgelegt. Das gilt auch für die 1634 untergegangene Ortschaft Hersbüll vor Nordstrand. Robert Brauer führt in der Saison regelmäßig Gäste dorthin und legt deshalb den Weg dorthin selbst fest.

Stackdeichreste bei Hersbüll

Eine dieser Erkundungen verlief zunächst enttäuschend, denn das Eis des harten Winters hatte viele Kulturspuren unwiederbringlich zerstört. So war eine Bretterwand spurlos verschwunden. Auch die Erkundung eines Seitenarms des Priels blieb erfolglos.

Dafür wurden weiter westlich neue Gräben freigespült. Zwischen ihnen fanden sich die Abdrücke einer Hofstelle. Robert Brauer war darüber sehr erfreut, denn solche Spuren findet man selten in unmittelbarer Nähe von Nordstrand. Auch auf die Reste von zwei weiteren Häusern stieß der Heimatforscher.

Stackdeichpfähle von Hersbüll

Stackdeichreste im Norder-Neu-Koog vor Pellworm. Der Deich wurde mehrfach repariert.

Schließlich fand er eine 332 Meter lange Holzreihe, die sich als der spektakuläre Rest eines Stackdeiches interpretieren lässt. Dieser Fund ist von großer Bedeutung, denn an den Deichlinien lassen sich die alten Karten ausrichten. Wenn es sich hier um den Seedeich der Insel Strand handelt, war der Hersbüller Koog kleiner, als auf den historischen Karten dargestellt. Dass hier ein Stackdeich errichtet wurde, lässt außerdem auf einen besonders gefährdeten Deichabschnitt schließen, an dem kein Vorland existierte.

So ähnlich sahen die Rungholter Deiche aus

Stackdeich im Büsumer Deichmuseum

Nachdem in den letzten Jahren schon vor Pellworm solche Stackdeichreste gefunden wurden, war das für die Nordstrander eine große Attraktion.

Die Geschichte des Deichbaus kann in Dithmarschen erkundet werden. Dort gibt es ein ganz besonderes Museum, das Büsumer Freilicht-Deichmuseum. Hier wird die Deichgeschichte von 1200 bis heute dargestellt. Drei nachgebaute Deiche aus den Jahren um 1200, um 1600 und um 1800 zeigen, wie sich der Deichbau entwickelt hat.

Der niedrigste Deich ist einem Befund aus Eiderstedt und der Hallig Hooge nachempfunden. Es handelt sich um einen niedrigen Sommerdeich mit flachen Böschungen und einer Höhe von 1,50 m. Die Rungholter Deiche sollen nur 50 cm höher gewesen sein. Das ist schon beeindruckend niedrig, angesichts heutiger Deiche.

Etwas weiter steht ein Nachbau eines Stackdeiches. Solche Deiche haben die Insel Strand im 17. Jahrhundert geschützt. Holz war selten und teuer, weshalb solche Deiche nur an besonders gefährdeten Stellen gebaut wurden. Den seeseitigen Fuß schützte eine steile Bohlenwand mit in den Untergrund eingerammten Eichenpfosten als Stützen. Als zusätzliche Stabilisierung dienten in den Deichkörper reichende und mit dieser Bohlenwand verzapfte Ankerbalken, die an ihrem anderen Ende in Widerlagern endeten.

Spannend sind die Schäden an dem 2007 errichteten Deich. Die Bohlenwand neigt sich zur See und der Deichkörper ist trotz Schafbeweidung von Kaninchenbauten durchzogen. Durchaus denkbar, dass sich die alten Strander Deiche 1634 in einem vergleichbaren Zustand befanden.

Im Neuenkoog nahe des Parkplatzes P 1 findet man das Museum, das kostenlos ganzjährig besucht werden kann. Außerdem stehen zwischen den Deichen Picknickbänke, an denen man gemütlich Pause machen kann.

Halligfluten

Die Sturmflut von 1634 war nicht die letzte große Sturmflut. Es gelang den Pellwormern nicht, ihre Insel in der ursprünglichen Größe zu halten. Bis zum Jahr 1798 wurde der Seedeich um 500 Meter zurückgenommen. Dies passierte hauptsächlich im Süden und im Westen der Insel.

Bitter war die Rückverlegung – und damit auch die Verkürzung der Deichlänge – für die Hofbesitzer, die sich nun außerhalb der schützenden Deichlinie befanden. Immerhin handelt es sich hierbei um über 40 Siedlungshäuser und Bauernhöfe, die sich an der Deichlinie befanden. Sie mussten alle ihre Häuser verlassen und sich hinter dem neuen Deich eine neue Existenz aufbauen. Viele dieser verlassenen Siedlungsstätten sind noch heute zu identifizieren. Die dort gefundenen Tonscherben stammen eindeutig aus der Zeit des ausgehenden 18. Jahrhunderts.

Sodenbrunnen bei der Hofstelle Untjehörn, Opfer der späteren Deichrücklegung

Sagen und Legenden

Die geheimnisvolle Insel Abalus

„Abalus, bei den Alten der Name einer Bernsteininsel." Aus: Herders Conversations-Lexikon. Freiburg im Breisgau 1854, Band 1, S. 5.

In grauer Vorzeit entstand die Sage einer geheimnisvollen Insel, auf der große Mengen Bernstein zu finden sein sollten. Der Name wurde uns überliefert – Abalus.

Für die wissenschaftliche Forschung ist Abalus kein Thema. Mit den heute zur Verfügung stehenden Mitteln ist es nicht möglich, detaillierte Küstenlinien für die historischen Uthlande zu entwerfen. Trotzdem ist die mysteriöse Insel immer wieder Anlass für Spekulationen. So wird an erster Stelle Helgoland damit in Zusammenhang gebracht. Es könnte sich auch um die jütische Bernsteinküste mit den dänischen Inseln oder in der Ostsee um das Samland im ehemaligen Ostpreußen gehandelt haben. Sogar die gesamte Wattenmeerküste von West- bis Nordfriesland ist Teil der Überlegungen, wo Abalus gelegen haben könnte.

Der Pellwormer Heimatforscher Hellmut Bahnsen hat seine eigene Interpretation. Er ist davon überzeugt, dass es sich um eine verschwundene nordfriesische Insel vor Pellworm gehandelt hat. Dort wurde Bernstein gefunden und mit ihm Handel getrieben.

Römer

Einen der ältesten Berichte über Nordfriesland verdanken wir dem Römer Plinius der Ältere aus dem Jahr 77 n. Chr. Ihm geriet ein damals 400 Jahre alter Reisebericht in die Hände, dem er große Aufmerksamkeit schenkte. Darin wurde von den Fundorten von Bernstein

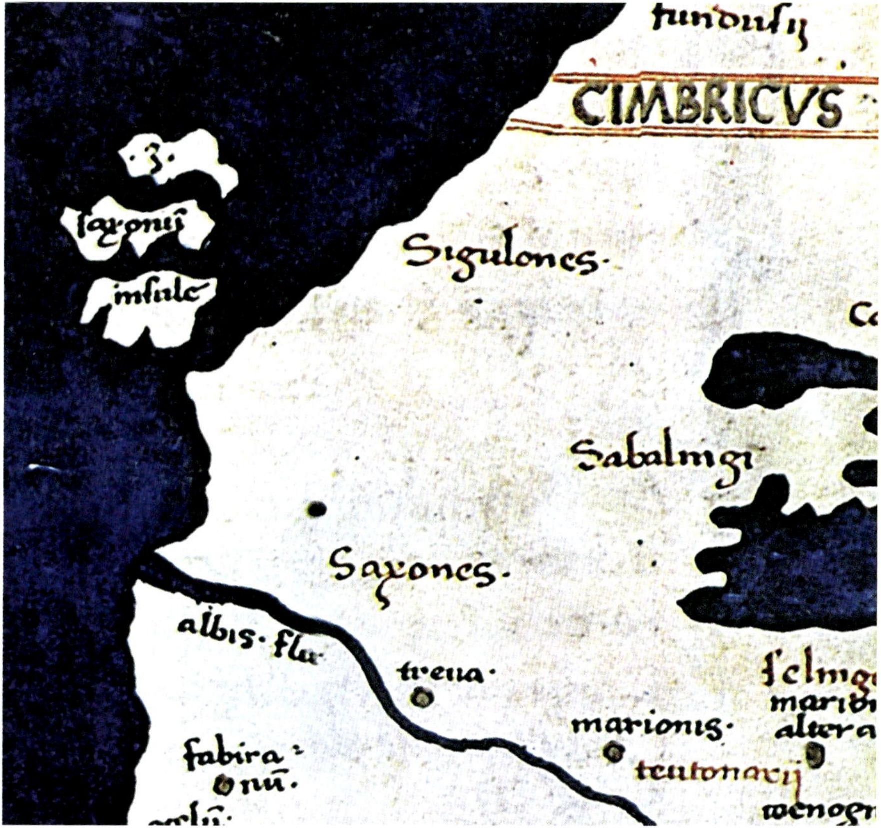

Die drei Sachseninseln nach Claudius Ptolemäus: Magna Germania. Die südliche Insel wäre Abalus.

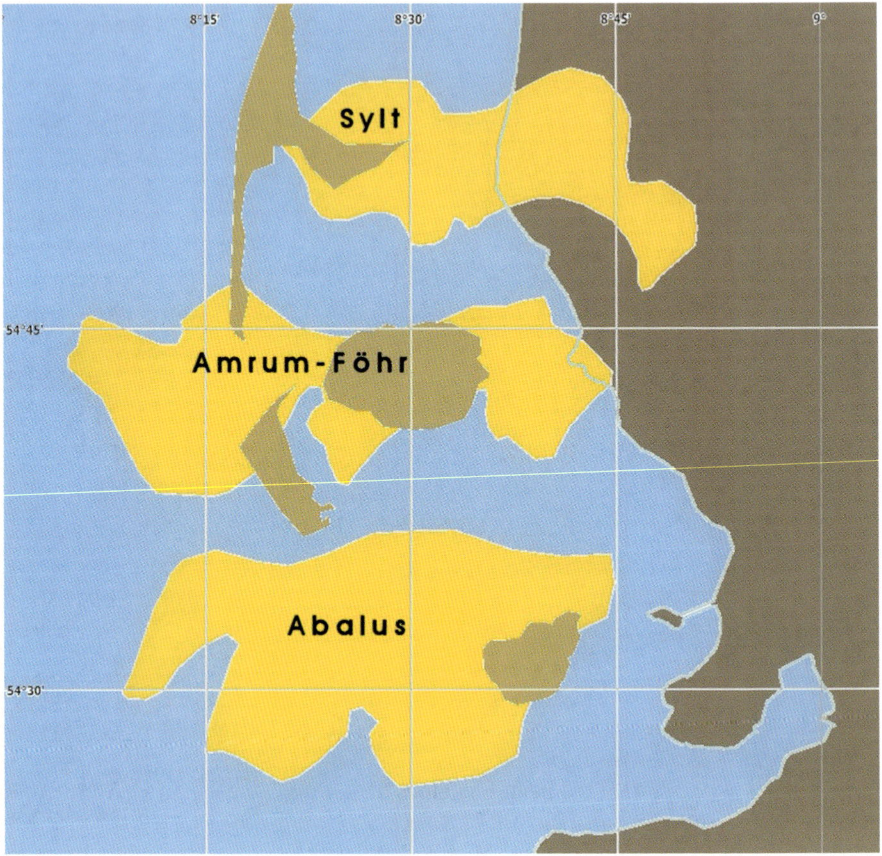

Die Sachseninseln im Geoinformationssystem

berichtet. Dieser war im alten Rom mehr wert als Gold. Die Römer glaubten, dass Bernstein Schutz vor Krankheiten und Altern bot.

Der Bericht handelte von dem griechischen Händler und Geografen Pytheas von Massilia. Er soll eine heute nicht mehr belegbare Reise um das Jahr 325 v. Chr. unternommen haben. Da die Meerenge von Gibraltar von den Karthagern beherrscht wurde, musste er von Marseille im heutigen Frankreich über Land einen Atlantikhafen aufsuchen. Wahrscheinlich von Bordeaux aus haben keltische Händler ihn auf eine Fahrt nach Britannien und darüber hinaus mitgenommen. Er war auf der Suche nach Zinn und Bernstein und hat während dieser Fahrt vermutlich Nordfriesland besucht. Da er als „Entdecker" Großbritanniens gilt und sogar ins sagenumwobene Thule gekommen sein soll, ist diese Reise Gegenstand zahlreicher Spekulationen.

Auf dem Rückweg segelte Pytheas von Thule aus in südliche Richtung und erreichte das Land der Guiones (Goten). Eine Tagesfahrt entfernt habe die Insel Abalus (oder Abalon) gelegen, an deren Stränden Bernstein angespült werde. Pytheas erkannte als Erster, dass es sich um fossiles Baumharz handelte.

Dieser Reisebericht über die Insel Abalus erhält weitere Nahrung durch die mittelalterliche Kopie einer Karte aus dem Jahr 150 n. Chr. Der griechische Geograf Claudius Ptolemäus aus Alexandria zeichnete sie (S. 67). Sie zeigt westlich der jütischen Halbinsel drei sogenannte „Sachseninseln". Zeichnete Ptolomäus hier Abalus als „dritte Geestinsel"? Denn die beiden Inseln nördlich könnten Sylt und Amrum/Föhr sein, die damals möglicherweise eine Fläche bildeten.

Wenn man den Maßstab dieser Karte einmal außer Acht lässt und diese Darstellung in die heutige Situation überträgt, ergibt sich eine verblüffende Übereinstimmung. Dann lag Abalus vor und über dem heutigen Pellworm.

Im letzten Jahrhundert wurde beim Bau eines Stalles im Ostersiel auf Pellworm eine römische Silbermünze gefunden. Es war ein hadrianischer Denar aus dem 2. Jahrhundert nach Christus. 1979 wurden bei einer Muschelsandbergung südwestlich von Süderoog aus dem „Blaubarg Ley" fünf in Rom gepräge Sesterzen geborgen. Die älteste Münze

Hellmut Bahnsen zeigt römische Keramik

stammt aus dem Jahr 101–102, die jüngste aus den Jahren von 141–161 n. Chr. Zwischen Süderoog und Pellworm fand Hellmut Bahnsen eine ganze Reihe von Keramiken aus der römischen Kaiserzeit. Diese Funde stammen frühestens aus dem Ende des 1. Jahrhunderts nach Chr., überwiegend aber aus dem 2., möglicherweise noch aus dem Anfang des 3. Jahrhunderts nach Christus. Es gibt sogar Hinweise auf Funde des 1. Jahrhunderts aus dem Watt nördlich von Südfall, deren Fundgeschichte heute nicht mehr nachprüfbar ist. All das war für die nordfriesische Archäologie eine Überraschung.

Natürlich können diese Gegenstände über Land und vielleicht später in diese Gegend gekommen sein. Sie lassen aber auch den Schluss zu, dass es in dieser Zeit einen Handel mit römischen Kaufleuten gegeben haben kann. Dass die Bernsteinfunde der Westküste damals so ergiebig waren, dass sie wichtiges überregionales Handelsgut waren, dafür gibt es keine glaubwürdigen Beweise.

Mit was mag man Handel getrieben haben? Denn erst 800 Jahre später war die Gegend um Pellworm vor allem für den Handel mit Salz bekannt.

Für den Pellwormer Bahnsen steht fest, dass es vor dem heutigen Pellworm eine Insel gegeben hat. Sogar Teile des heutigen Pellworm könnten dazugehört haben. Die Münz- und Keramikfunde aus römischer Zeit sind aus seiner Sicht handfeste Beweise für die Lage von Abalus.

Ob es überhaupt eine Insel gegeben haben kann, lässt sich aufgrund der 2000 Jahre Erosion in diesem Gebiet nicht beweisen. Dennoch gibt es geologische Indizien für die Existenz von Geestkernen westlich vor Pellworm. Diese könnten zum Zeitpunkt der Funde in der Römerzeit zu Nehrungen, mithin zu einer oder mehreren kleinen Sandinseln erodiert sein. Man kann zumindest nicht ausschließen, dass es eine Insel gegeben haben kann.

Avalon

Die Angeln waren der germanische Volksstamm, der von der Zeitenwende an in Nordfriesland siedelte. Möglicherweise diente Abalus den Angeln als Handelsplatz mit den Römern? Es gibt Spekulationen, dass die dem eigentlichen Siedlungsraum vorgelagerte Insel möglicherweise als Bestattungsinsel in Gebrauch war.

Aus unterschiedlichen Gründen gab es Wanderbewegungen germanischer Bevölkerungsgruppen, die wir heute als Völkerwanderungszeit kennen. In den Jahren von 250 bis 600 n. Chr. wanderten Angeln zusammen mit Sächsischen Gruppen nach England aus. Dies verstärkte sich mit dem Einfall der Hunnen um das Jahr 375. Erst im Jahr 451 wurde dieser Einfall beendet, mit der Schlacht auf den Katalaunischen Feldern. In dieser Zeit zerbrach das römische Weltreich.

Die Römer zogen im Jahr 407 n. Chr. aus England ab und hatten bis dahin gut 150 Jahre Kontakt zu angelsächsischen Einwanderern. Diese dürften den römischen Kenntnissen über die Insel Abalus eine reale Grundlage gegeben haben. Abalus ist ein römisches Wort für den Namen Avalon.

Im Jahr 1133 n. Chr. schrieb Geoffrey von Monmouth die „Historia Regum Britanniae". In dieser Abhandlung verdichtete er mehrere Sagenkreise zu einem Kapitel über einen britischen Hochkönig mit Namen „Artus", der 600 Jahre früher gelebt haben soll.

In dieser Sage tauchte die Insel „Avalon" auf. Es war die Insel, auf der König Artus' Schwester, die Fee Morgana, herrschen sollte. Dorthin wurde König Artus nach seiner letzten Schlacht gebracht, um dereinst wiederaufzuerstehen.

Der Name Abalus kam mit den Römern nach England. Wahrscheinlich hat die Einwanderung der Angelsachsen ihm später eine so große Bedeutung gegeben, dass er Teil der dortigen Sagenwelt wurde. Hat die Sage von Avalon möglicherweise ihre Wurzeln in der untergegangenen dritten Geestinsel Abalus in der Nordsee vor Pellworm?

Norderoogsand

Um das Jahr 700 n. Chr. wanderten die Friesen in die Uthlande ein. Mit ihnen ging die Erinnerung an diese Insel und ihren Namen unter. Im Waldemar'schen Erdbuch von 1231 ist von „Abalus" für diese Region nicht mehr die Rede. Mögliche Reste sind spätestens 1362 in der Ersten Großen Mandränke endgültig verschwunden.

Heute liegen vor Pellworm zwei riesige Sandbänke, Norder- und Süderoogsand. Noch immer findet sich auf Norderoogsand, das in den Sommermonaten besucht werden kann, ungewöhnlich viel Bernstein. Wer von dort aus nach Pellworm schaut, darf sich in seiner Vorstellungskraft ausmalen, dass hier nicht nur die Bernsteininsel „Abalus" lag, sondern möglicherweise auch der Ursprung der Sage von der Insel Avalon.

Blick über Norderoogsand nach Pellworm

Heute fühlen sich Seehunde auf Abalus' Resten wohl.

Die Geister der Hainshallig

Die Halligwelt ist reich an schaurig-schönen Geschichten und zu denen gehören die Sagen um die Hainshallig.

Eine Sage ist die der Geschwister Ocke und Elke Haien, die auf der Hainshallig lebten. Ocke fuhr als Kapitän auf einem holländischen Schiff und seine Schwester stellte regelmäßig nachts ein Licht ins Fenster, damit der Bruder die Hallig auch bei dunkler Nacht finden konnte. Als 56-jähriger reicher Mann wollte er seinen Lebensabend mit der Schwester verbringen, die war aber schon lange gestorben und die Hallig vergangen. Nur an einem

Kulturspuren bei der Hainshallig

Fething der Hainshallig, 2012

großen Stein erkannte er den Rest der Hallig und auf diesen setzte er sich voller Trauer und wurde von da an als Lebender nicht mehr gesehen. Bisweilen soll man dort seinen bleichen Geist in dunklen Nächten sitzen sehen.

Der Pellwormer Heimatforscher Hellmut Bahnsen wandert in der Saison mit Gästen durchs Watt nach Hooge. Die Tour führt über die Reste der Insel Strand. Zahlreiche Gräben sind zu sehen, alles altes Kulturland. Sogar die Spuren einer alten Strander Mühle des Balumer Kooges konnte der erfahrene Wattführer identifizieren.

Nachdem das Kulturland verlassen wurde, gelangt man im ehemaligen Vorland der Insel Strand zu einem kreisrunden Abdruck im Boden. Bahnsen ist sich sicher, dass es sich um den Brunnen oder eher um den Fething einer ehemaligen Hallig handelt. Er rechnet diesen der Hains- oder Oselichshallig zu. Vor Jahren waren die Spuren noch besser zu sehen. Sogar der Umriss der Warft war als Abdruck im Wattboden zu erkennen.

Urkundlich wurde die „Oselieks Hallige“ 1586 erstmalig erwähnt. Dort wird von einer Vorlandhallig berichtet, von der Land für Deicharbeiten entnommen wurde. Später wurden

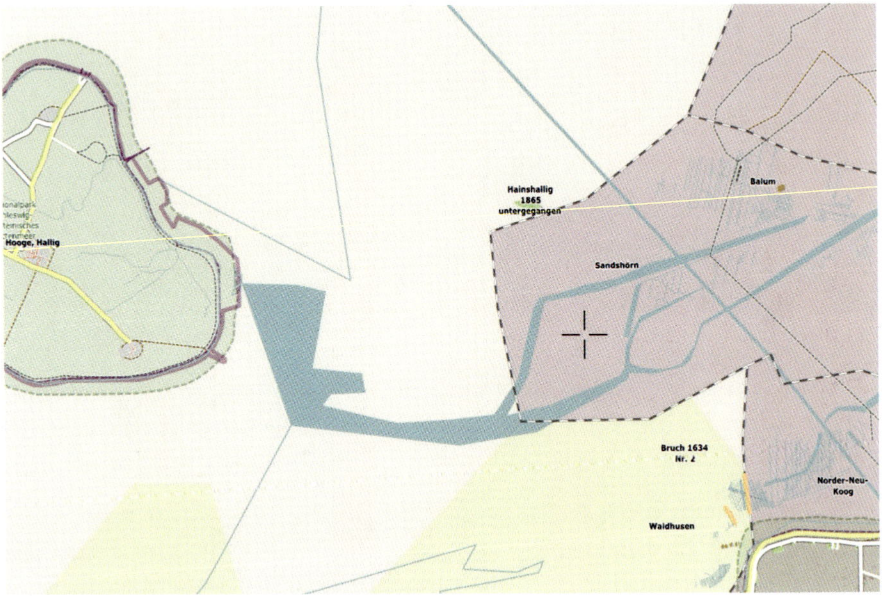

Lage der Hainshallig, nördlich von Balum

Hellmut Bahnsen erläutert die Hainshallig, Steine sind nicht zu erkennen.

drei oder vier Häuser auf der Hallig dokumentiert. Die Bewohner sollen in der 1634er-Sturmflut ertrunken sein.

Allerdings haben noch im späten 18. Jahrhundert Menschen auf der Hallig gelebt. Später wurde sie zur Heugewinnung genutzt. Ein Zeitzeuge, der Hooger Pastor Lenberg, berichtete, dass die Hallig spätestens 1836 unterging. Die Flut 1821 und vor allem die „Halligflut" von 1825 müssen der Hallig stark zugesetzt haben.

Eine alte Frage kann mit diesem Fund geklärt werden, denn die Hallig lag nicht westlich vor Westerwoldt. Dieses Dorf befand sich ganze 3,4 km nordöstlich der Fundstelle. Wenn es sich um die Hainshallig handelt, dann lag die Hallig nördlich von Balum, außerhalb des Strander Deiches im Vorland. Da die Wattwanderer von Osten kamen und die Deichkante erkennen konnten, lag die Hallig vom westlichen Deichteil nur 460 m entfernt. Der südlich gelegene Deich der Insel Strand, die hier weit ins Wattenmeer ragte, muss sich sogar noch näher befunden haben.

Damit wurde nachträglich der Hooger Chronist E. C. Kruse bestätigt, der 1794 schrieb, dass man bei der Hallig noch Spuren von einem ehemaligen Deich erkennen konnte.

Ein großer Stein, auf dem der Geist von Ocke Haien nur einigermaßen bequem hätte Platz nehmen können, wurde leider nicht gefunden.

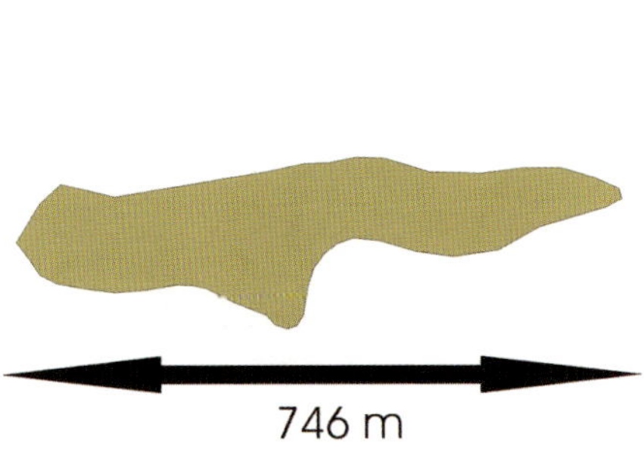

Hainshallig, nach einer dänischen Karte

Piraten

Anfang der 1980er-Jahre wurde ca. 800 Meter westlich des Kirchturms der Alten Kirche ein sensationeller Fund gemacht. Ein kleines Stück grau schimmerndes Metall ragte aus dem Wattboden. Dieses Stück Metall entpuppte sich als ein 50 cm langes und 41 Kilogramm schweres Randstück einer bronzenen Glocke, die ursprünglich den stattlichen Durchmesser von 2,30 Metern hatte. Mit großer Wahrscheinlichkeit hing diese gigantische Glocke im Turm der Alten Kirche.

Heute steht im Westen der Kirchwarft die berühmte Turmruine. Im Jahr 2006 wurde der gesamte Fußboden der Alten Kirche aufgenommen und der Innenraum ausgeschachtet. Dr. Hans Joachim Kühn führte eine Baustellenbeobachtung durch und machte spektakuläre Entdeckungen. Im Untergrund waren Tuffsteinwandreste erhalten, die dafür sprechen, dass die Kirche im Kern eine Tuffsteinkirche des späten 12. Jahrhunderts ist. Erhalten war das Fundament der Westwand der ersten Kirche.

Die Wand wurde abgerissen, als die Kirche Ende des 13. Jahrhunderts um sieben Meter verlängert und mit einem Turm versehen wurde. Man nimmt an, dass der Turm von einem

Glockenfragment im Pellwormer Rungholtmuseum

Der Dithmarscher Freibeuter oder Seeräuber Kort Wiederich, um 1410, aus Pellwormer Chronik, 1917

Wehrgang umgeben war. Die heutigen Backsteinmauern rühren von diesen Baumaßnahmen her.

Für den Anbau war die Warft zu klein und ist daher angeschüttet worden. Die Naht zwischen Kernwarft und Anschüttung war deutlich zu sehen. Die Anschüttung war zu schwach für den gewaltigen Backsteinturm, der eine Wandstärke in Fußbodenhöhe von 3,40 Meter hatte und 52 Meter hoch war. Im Jahr 1611 kam es deshalb zu einem Grundbruch der Warft, wodurch der Turm in der Fensterachse der Seitenwände zerriss und die östliche Turmhälfte auf das Kirchenschiff stürzte.

Selbst der eingestürzte Kirchturm war mit seinen 26 Metern Höhe jahrhundertelang ein Seezeichen.

Dass Pellworm im späten Mittelalter ein beliebter Tummelplatz für Seeräuber war, ist hinlänglich bekannt. Auch im Wattenmeer haben sie ihre Spuren hinterlassen. Einer von ihnen war Kort Wiederich, der in Dithmarschen als Adeliger und Anführer gilt. Mit Stolz wird seiner heutzutage gedacht, weil er sich gegen Hamburg zur Wehr setzte. Er galt zwar als streitlustig und wild, aber auch als einer, der sich nicht alles gefallen ließ.

Seine Aktivitäten als Pirat waren eine Folge des Krieges zwischen Nordfriesland und Dithmarschen im Jahr 1404 und des erzwungenen Friedens. Lundener Raufbolde um Kort Wiederich wollten sich rächen. Er machte 1407 den Turm der Alten Kirche mit seinen Kumpanen zu seinem „Seeräubernest". Von dort lockten sie nachts Schiffe mit falschen Signalen zur Strandung und plünderten sie aus.

Das geraubte Taufbecken in Büsum

1412 verließ der Seeräuber Pellworm, nicht ohne die Alte Kirche gründlich auszurauben. Nachweislich hat er einen kostbaren Schrank und die Bronzetaufe nach Büsum verschleppt, wo er sich als Kaufmann niederließ. Mit sicherem Blick auf sein Seelenheil spendete er die Taufe der St.-Clemens-Kirche. Dort ist sie heute noch in Gebrauch und kann zur Freude der Büsumer besichtigt werden. Es ist das älteste Stück Kunstgeschichte in der Kirche. Das Taufbecken wird von vier Männern in zeitgenössischer Kleidung getragen. Sie haben auf ihrer Brust Abdrücke von Münzen der damaligen Zeit.

Das Schicksal der Kirchenglocke ist nicht bekannt. Es ist zu vermuten, dass auch die tonnenschwere Glocke geraubt werden sollte. Ob die Zerstörung der Glocke Absicht oder ein Versehen war, konnte nicht ermittelt werden. Sicher ist jedoch, dass allein der Metallwert der Glocke schon damals beträchtlich und der Pirat für seine kaufmännischen Fähigkeiten bekannt war.

Eine Replik des Taufbeckens steht in der Sturmflutenwelt „Blanker Hans“.

Seine Piratentätigkeit wurde Kort Wiederich viel später zum Verhängnis. Im Jahr 1447 pilgerte er nach dem in der Prignitz gelegenen Ort Wilsnack, einem damals sehr bekannten Wallfahrtsort für Straftäter. In einer Herberge in Segeberg wurde er erkannt und durch den Vogt Klaus von dem Damme ohne Prozess kurzerhand erhängt.

Der See

Dass es bei Rungholt eine Schleuse oder ein Siel gegeben hat, ist durch Andreas Busch archäologisch bewiesen. Die Schleuse musste sogar neu errichtet werden. Rungholt soll nach Dr. Hans-Herbert Henningsen nur 150 Jahre bestanden haben. Aufgrund des hohen Steueraufkommens war der Rungholter Koog ein reicher und wahrscheinlich auch ein für damalige Verhältnisse großer Koog.

Da der Koog entwässert werden musste, war die Schleuse von besonderer Bedeutung. Denn bei Hochwasser muss eine Schleuse den Koog vor eindringendem Wasser schützen. Gleichzeitig kann der Koog in solch einem Fall nicht entwässert werden. Gerade wenn viel Wasser in einem Koog anfällt, ist die Existenz eines Sees, der diese Wassermengen bewältigen kann, wahrscheinlich. Henningsen spricht von einem Fluss, der in diesen See münden sollte. Wahrscheinlich handelte es sich um verschieden große Sielzüge, die dorthin entwässert haben. Solche Sielzüge sind heute noch im Boden zu erkennen.

Nach den Karten von Sax und Mejer soll Rungholt an einem See gelegen haben. Beide Karten gehen sogar ein Stück weiter und legen östlich dieses Sees einen Deich, der mitten im Koog endet. Als wenn sich die Rungholter vor besonders hohen Wasserständen in diesem Bereich zusätzlich schützen mussten? Das ist ein ungewöhnliches Detail in dieser Karte, das sich in einer solchen Darstellung nicht oft wiederholt und dafür spricht, dass die

Der See aus der Luft gesehen

Zeichner dafür Anhaltspunkte hatten.

Seit einigen Jahren gibt es eine bei Ebbe nicht trockenfallende Fläche, die der Lage und Größe dieses Sees erstaunlich nahekommt. Zeitweise war diese Struktur bis zu 50 cm tief. Zurzeit schlickt sie wieder etwas auf, ist aber immer noch gut zu erkennen. In der Nähe dieser Fläche fanden sich Reste von Fischfanganlagen. Sie befindet sich nördlich des von Victor Graf v. Reventlow-Criminil erkundeten und vermessenen Gebietes.

Der See nach Johannes Mejer

Prof. Dr. Newig hält diese Analogie für bloßen Zufall. Die Dynamik im Watt mit ihren Sandverdriftungen führt zu sich immer wieder verändernden Strukturen, die in keinem Zusammenhang mit archäologischen Befunden stehen. Es mag sich um eine Laune der Natur handeln? Diese Fläche im Watt zu sehen und zu ahnen, was sich hier befunden haben kann, hinterlässt beim Betrachter ein beklemmendes Gefühl.

Das letzte Gebet

In der Rungholtsage beschwört der Rungholter Pfarrer das Unglück herauf, indem er Gott vom Frevel mit den sakralen Gegenständen berichtete. Diese Sage ist ein christlicher Erklärungsversuch, damals nach formalen und standardisierten Grundsätzen aufgeschrieben. Eine der bekanntesten Versionen stammt aus Anton Heimreichs „Nordfriesischer Chronik" 1666. Sie gibt das tatsächliche Geschehen, soweit uns das heute bekannt ist, nicht wieder.

Die Erste Mandränke dauerte drei Tage, vom 15. bis 17. Januar 1362, nach dem damaligen Kalender von Samstag bis Montag. Höhepunkt der Flut war am Sonntag, den 16. Das Wasser stieg 2,4 m hoch, die Deiche hatten maximal 2 m Höhe. An der Nordseeküste sollen 100 000 Menschen gestorben sein, in der Edomsharde gingen sieben Kirchspiele unter und 7600 Menschen ertranken.

Wenn überhaupt dafür noch Zeit war, hat der Geistliche der Rungholter sehr wahrscheinlich mit und für die Menschen gebetet und ihnen Trost gespendet. Die Frage, was er denn mit ihnen gebetet haben könnte, hat Pastor Dr. Schweda zu beantworten versucht und auf die Psalmen 69 und 46 aus dem Alten Testament hingewiesen. Diese Texte haben einen erstaunlichen Bezug zur Sturmflut und deshalb werden sie, etwas bearbeitet, auf Rungholt vorgetragen. Das Gebet auf der vermuteten Position der Rungholter Kirche ist fester Bestandteil der Rungholtwattwanderungen. Damit wird der vielen Menschen gedacht, die hier verstorben sind. Mit dem letzten Gebet der Rungholter vor ihrem Untergang:

Reste der Rungholter Kirche, 2006

(Psalm 69)
Ich versinke im tiefen Schlamm, wo kein Grund ist;
ich bin im tiefen Wasser, und die Flut will mich ersäufen.
Ich habe mich müde geschrien, mein Hals ist heiser;

Meine Augen sind trübe geworden, weil ich so lange warten muss auf meinen Gott.
Gott, du weißt meine Torheit, und meine Schulden sind dir nicht verborgen.
Ich aber bete, Herr, zu dir zur Zeit der Gnade.
Gott, durch deine große Güte, erhöre mich mit deiner treuen Hilfe!
Errette mich aus dem Schlamm, dass ich nicht versinke,
dass ich errettet werde vor denen, die mich hassen,
und aus dem tiefen Wasser,
dass mich die Wasserflut nicht ersäufe und die Tiefe nicht verschlinge
und das Loch des Brunnens nicht über mir schließe.
Erhöre mich, Herr, denn deine Güte ist tröstlich;
wende dich zu mir mit deiner großen Barmherzigkeit
und verbirg dein Angesicht nicht vor deinem Knechte;
denn mir ist angst;
erhöre mich eilend! Es lobe ihn Himmel, Erde und Meer und alles, was sich darin reget.

(Psalm 46)
Darum fürchten wir uns nicht,
wenngleich die Welt unterginge und die Berge mitten ins Meer sänken,
wenngleich das Meer wütete und wallte
und von seinem Ungestüm die Berge einfielen.
Kommt her und schauet die Werke des Herrn, der auf Erden solch ein Zerstören anrichtet,
…
Seid stille und erkennet, dass ich Gott bin!

Rungholt-Sage

In Rungholt auf Nordstrand wohnten weiland reiche Leute; sie bauten große Deiche, und wenn sie einmal darauf standen, sprachen sie: „Trotz nu, blanke Hans!" –
Ihr Reichtum verleitete sie zu allerlei Übermut. Am Weihnachtsabend des Jahres 1300 machten in einem Wirtshause die Bauern eine Sau betrunken, setzten ihr eine Schlafmütze auf und legten sie ins Bett. Darauf ließen sie den Prediger ersuchen, er möchte ihrem Kranken das Abendmahl reichen, und verschwuren sich dabei, dass, wenn er ihren Willen nicht würde erfüllen, sie ihn in den Graben stoßen wollten. Wie aber der Prediger das heilige Sakrament nicht so greulich wollte missbrauchen, besprachen sie sich untereinander, ob man nicht halten sollte, was man geschworen. Als der Prediger daraus leichtlich merkte, dass sie nichts Gutes mit ihm im Sinne hätten, machte er sich stillschweigends davon. Indem er aber wieder heimgehen wollte und ihn zween gottlose Buben, so im Kruge gesessen, sahen, beredeten sie sich, dass, so er nicht zu ihnen hereingehen würde, sie ihm die Haut voll schlagen wollten. Sind darauf zu ihm hinausgegangen, haben ihn mit Gewalt ins Haus gezogen und gefragt, wo er gewesen. Und wie er's ihnen geklaget, wie man mit Gott und ihm geschimpfet habe, haben sie ihn gefragt, ob er das heilige Sakrament bei sich hätte, und ihn gebeten, dass er ihnen dasselbige zeigen möchte. Darauf hat er ihnen die Büchse gegeben, darin das Sakrament gewesen, welche sie voll Biers gegossen und gotteslästerlich gesprochen, dass, so Gott darinnen sei, so müsse er auch mit ihnen saufen. Wie der Prediger auf sein freundliches Anhalten die Büchse wiederbekommen, ist er damit zur Kirche gegangen und hat Gott angerufen, dass er diese gottlosen Leute strafe. In der folgenden Nacht ward er gewarnet, dass er aus dem Lande, so Gott verderben wollte, gehen sollte; er stand auf und ging davon. Und sogleich erhob sich ein ungestümer Wind und ein solches Wasser, dass es vier Ellen hoch über die Deiche stieg und das ganze Land Rung-

holt, der Flecken und sieben andre Kirchspiele dazu, unterging, und niemand ist davongekommen als der Prediger und zwo, oder wie andre setzen, seine Magd und drei Jungfrauen, die den Abend zuvor von Rungholt aus nach Bopschlut zur Kirchmess gegangen waren, von welchen Bake Boisens Geschlecht auf Bopschlut entsprossen sein soll, dessen Nachkommen noch heute leben. Die Ulversbüller Kirche hat noch eine alte Kirchentür von Rungholt.

Nun gibt es eine alte Prophezeiung, dass Rungholt vor dem jüngsten Tage wieder aufstehen und zu vorigem Stande kommen wird. Denn der Ort und das Land steht mit allen Häusern ganz am Grunde des Wassers, und seine Türme und Mühlen tun sich oft bei hellem Wetter hervor und sind klar zu sehen. Von Vorüberfahrenden wird Glockenklang und dergleichen gehört. – Imgleichen wird bei Süderog am Hamburger Sand ein Ort gezeigt, welcher Süntkalf geheißen, und es ist ein Sprichwort:

Wenn upstaan wert Süntkalf,
So werd Strand sinken half.

Aus: Gundula Hubrich-Messow, „Sagen und Märchen aus Nordfriesland"
Husum Verlag

Literatur

Bahnsen, H. u. R.: Spurensuche im Wattenmeer. Rungholt Museum Pellworm. Breklum 2005.

Brauer, R., Wilckerling, A., Mertens, C.: Im Meer vergangen. Rungholt und die Insel Strand. Heide 2009.

Busch, A.: Nachtrag – vorläufiger Abschluss meiner Rungholtforschung. Die Heimat, Heft 70, 1963, 178–179.

Cunliffe, B.: The Extraordinary Voyage of Pytheas the Greek. 2003.

Harth, U.: Untergang der Halligen. Über untergegangene Halligen und Untergegangenes auf den Halligen. Hamburg 1992, 157–169.

Heimreich, A. u. H.: Chronik von Nordfriesland – Bd. 1 u. 2, hg. v. Manfred-Guido Schmitz auf der Basis der Bearbeitung von Prof. Dr. N. N. Falck, Tondern 1819, Nordstrand 2009.

Henningsen, H.-H. Rungholt. Der Weg in die Katastrophe. Aufstieg, Blütezeit und Untergang eines bedeutenden mittelalterlichen Ortes in Nordfriesland. Bd. I u. II. Husum 1998 u. 2000.

Hinrichs, B., Panten, A., Ricken, G.: Flutkatastrophe 1634. Natur – Geschichte – Dichtung. Neumünster 1991.

Kühn, H. J., Panten, A.: Der frühe Deichbau in Nordfriesland. Archäologisch-historische Untersuchungen; 5.

Meier, D., Kühn, H. J., Borger, G. J.: Der Küstenatlas. Das schleswig-holsteinische Wattenmeer in Vergangenheit und Gegenwart. Heide 2013.

Meier, D.: Naturgewalten im Weltnaturerbe Wattenmeer. Heide 2012.

Müller, F.: Das Wasserwesen an der schleswig-holsteinischen Nordseeküste, II. Teil: Die Inseln. 3. Folge, Nordstrand. Berlin 1936.

Muuß, R.: Rungholt. Ruinen unter der Friesenhallig. Lübeck 1929.

Quedens, G.: Die Halligen, Nordstrand und Pellworm erzählen. Sagen, Geschichten, Anekdoten. Münsterdorf, 14–19.

Voigt, H.: Die Festung Sylt, Geschichte und Entwicklung der Insel Sylt unter militärischem Einfluß 1894–1945. Bräist/Bredstedt 1992, 153 ff.

Danke

Rita Bahnsen und Jürgen Kost. Prof. Dr. Jürgen Newig, Dr. Hans Joachim Kühn und Dr. Dirk Meier. Ilse und Jörg Ketelsen. Manfred-Guido Schmitz.

Inhaltsverzeichnis